文春文庫

恨(うら)み残(のこ)さじ

空也十番勝負（二）決定版

佐伯泰英

文藝春秋

目次

「空也十番勝負」

主な登場人物

坂崎空也（さかざきくうや）
江戸神保小路にある直心影流尚武館道場の主、坂崎磐音の嫡子。父の故郷・豊後関前藩から、十六歳の夏に武者修行の旅に出る。

渋谷重兼（しぶやしげかね）
薩摩藩八代目藩主島津重豪（しまづしげひで）の元御側御用。

渋谷眉月（しぶやまゆつき）
重兼の孫娘。江戸の薩摩藩邸で育つ。

薬丸新蔵（やくまるしんぞう）
薩摩藩領内加治木の薬丸道場から、武名を挙げようと江戸へ向かった野太刀流の若き剣術家。

丸目種三郎（まるめたねさぶろう）
肥後国人吉（ひとよし）藩タイ捨（しゃ）流丸目道場の主。

常村又次郎（つねむらまたじろう）
丸目道場の門弟。人吉藩の御番頭。

浄心寺帯刀（じょうしんじたてわき）
肥後国球磨（くま）郡宮原（みやはる）村の名主。妻はおゆう。

坂崎磐音（さかざきいわね）
空也の父。故郷を捨てざるを得ない運命に翻弄され、江戸で浪人となるが、剣術の師で尚武館道場の主だった佐々木玲圓の養子となる。

おこん
空也の母。下町育ちだが、両替商・今津屋での奉公を経て磐音の妻となる。

睦月（むつき）
空也の妹。

霧子（きりこ）
姥捨の郷で育った元雑賀衆の女忍。

重富利次郎（しげとみとしじろう）
尚武館道場の師範代格。豊後関前藩の剣術指南役も務める。江戸勤番。
霧子の夫。

松平辰平（まつだいらたつぺい）
尚武館道場の師範代格。筑前福岡藩の剣術指南役も務める。江戸勤番。
妻はお杏。

小田平助（おだへいすけ）
尚武館道場の客分。槍折れの達人。

中川英次郎（なかがわえいじろう）
尚武館道場の門弟。勘定奉行中川飛騨守忠英の次男。

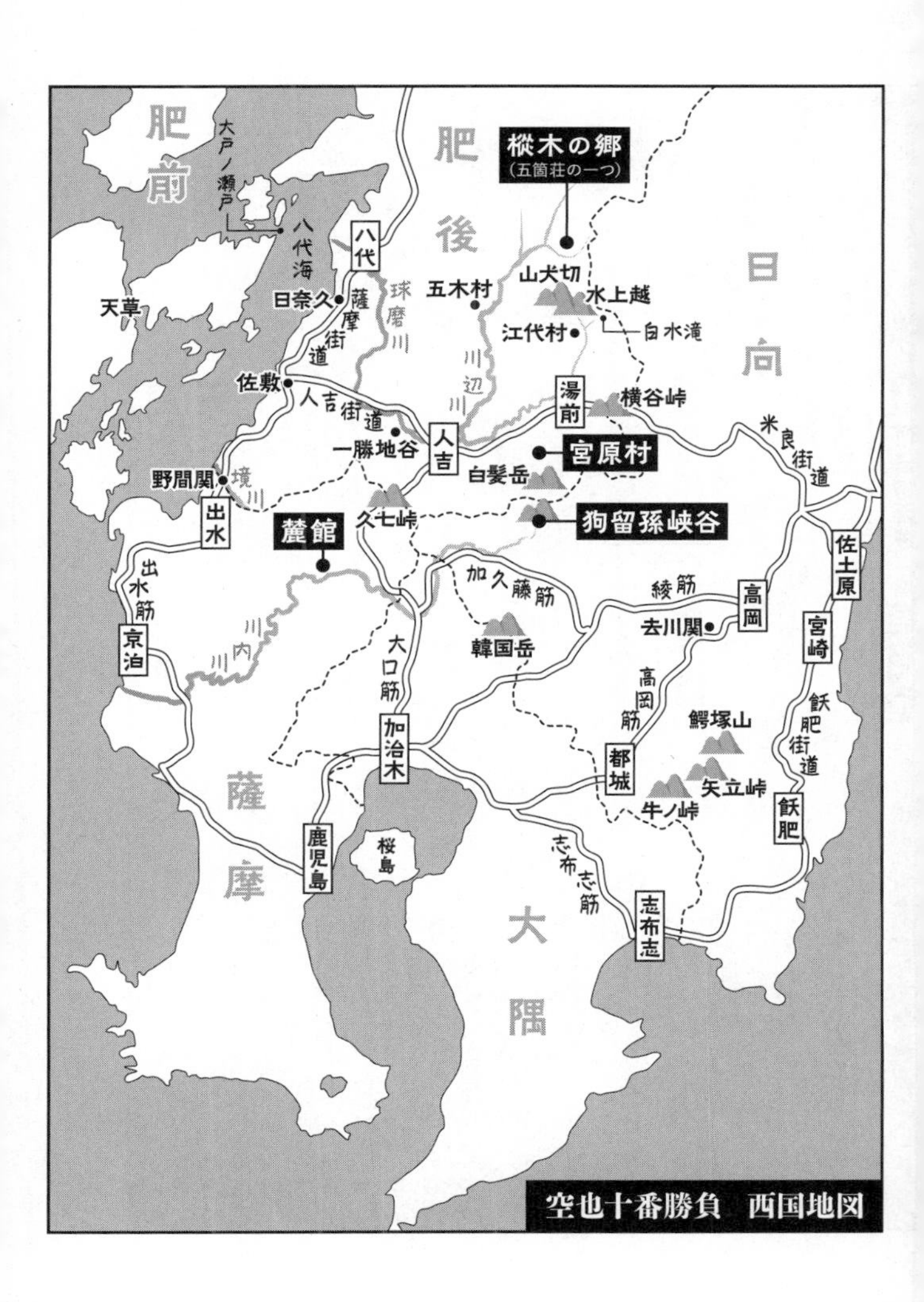

肥前
大戸ノ瀬戸
八代海
天草
肥後
椴木の郷
（五箇荘の一つ）
日向
八代
日奈久
薩摩街道
球磨川
五木村
山犬切
水上越
白水滝
江代村
川辺川
佐敷
人吉街道
湯前
横谷峠
一勝地谷
人吉
宮原村
米良街道
白髪岳
野間関
境川
出水
久七峠
狗留孫峡谷
麓館
出水筋
加久藤筋
綾筋
高岡
佐土原
京泊
川内川
大口筋
韓国岳
去川関
宮崎
高岡筋
鰐塚山
飫肥街道
加治木
都城
矢立峠
牛ノ峠
薩摩
鹿児島
桜島
志布志筋
飫肥
大隅
志布志
空也十番勝負　西国地図

東叡山
寛永寺
新吉原
山谷堀
尚武館小梅村道場
竹屋ノ渡し
向島
忍ケ岡
上野
下谷車坂町
浅草
待乳山
聖天社
三囲稲荷
今戸橋
不忍池
浅草寺
花川戸町
田原町
新堀川
常泉寺
小梅村
下谷広小路
新寺町通り
源森川
安藤家
下屋敷
湯島天神
吾妻橋
業平橋
御厩河岸ノ渡し
品川家
十間川
首尾の松
北割下水
吉岡町
今津屋
本所
法恩寺橋
和泉橋
天神橋
新シ橋
石原橋
筋違橋御門
柳原土手
浅草御門
両国橋
南割下水
入江町
横川
回向院
竪川
小伝馬町
松井橋
薬研堀
浮世小路
鰻処宮戸川
一石橋
大川
六間堀
魚河岸
新高橋
猿子橋
日本橋川
鎧河岸
呉服町
日本橋
新大橋
小名木川
万年橋
霊巌寺
鎧ノ渡し
深川
永久橋
金兵衛長屋
楓川
亀島橋
霊岸島
佐賀町
八丁堀
永代橋
仙台堀
砂村新田
永代寺
鉄砲洲
富岡八幡宮
佃島
越中島
堺橋
空也十番勝負　江戸地図

護国寺
中山道
日光御成街道
小石川
伝通院
本郷
下谷茅町
石切橋
牛込
豊後関前藩上屋敷
神田明神
水道橋
神田川
牛込御門
稲荷小路
表猿楽町
尚武館道場
駿河台
昌平橋
田安御門
市谷八幡宮
神保小路
九段坂
俎橋
雉子橋
市谷御門
一橋御門
千鳥ヶ淵
鎌倉河岸
神田橋
四谷
善国寺谷通
麹町
江戸城
本丸
大手御門
四谷御門
半蔵御門
道灌堀
西の丸
紀尾井坂
平川天満宮
和田倉御門
赤坂御門
馬場先御門
鍛冶橋御門
南町奉行所
京橋
溜池
数寄屋橋御門
三十間堀
溜小谷
氷川明神
木挽橋
原宿
愛宕権現
芝口橋
木挽町

恨み残さじ

空也十番勝負（二）決定版

第一章　新入り門弟

一

肥後の急流球磨川は、九州山地の奥深く、明治時代に江代村、岩野村、湯山村が合併してできた現水上村の水上越付近に水源を発する。

明治に入って認められた『肥後國求麻郡村誌』には、

〈求麻川　巾十間深六尺　洪水六尺　此水源水上山之巖間ヨリ湧キ出デ　水清ク石大ナル急流也　水上ニ水神ヲ祭ル該村ニテハ舟通ゼズ　只筏ヲ通ス。求麻葦北八代之三郡ヲ経、三十一里余ニシテ海ニ入ル。鱗介鮎イダ魚鱒鰻之類也〉

と球磨川の流れを記す。ほぼ江戸時代の球磨川の概要を描写した文書であろう。

この球磨川の上流を目指して、四人の若者が険しい流れ沿いを歩いていた。

寛政九年（一七九七）の秋から冬へと移ろう時節だ。

四人は球磨川沿いに浜川、平岩、平野、古町、庄屋、石坂、川瀬、今村、中島、牛島、下津留、里城、溝口、里坊、塩利と数えきれないほどの渡船場や堰を見ながら歩いてきた。

「おい、又次郎どん、白水滝はまだか。おいはくたびれたと」

若い弓削治平が音を上げたように先頭を行く又次郎に言った。最前から同じ問いを何度も発していた。

「もう少しのはずじゃ」

年長の常村又次郎が答えた。

又次郎は肥後国の外様小名人吉藩二万二千百六十五石の相良家の給人（上士）格、御番頭を務めていた。家禄は百三十五石だ。

弓削治平は、小知（中士）格、平目付七十石弓削家の次男だ。治平は背に食い物や焼酎を詰めた竹籠を負っていた。

「又次郎どんは、城下から十里はないと言うたな」

四人の最後を歩く佐野村房之助も竹籠を背負っていたが、その言葉にもうんざりとした様子があった。佐野村家は徒士（下士）格、家禄は三十七石、房之助は木屋奉行の嫡男だ。

先頭を行く又次郎のあとに六尺を優に超える若者が従っていたが、この者だけは汗もかかず平然とした表情をしていた。又次郎とその若者の二人だけが竹籠なしで歩いていた。

四人はタイ捨流丸目道場の門弟だ。

この日の未明、人吉城下を発ってきたのだが、球磨川に沿った岸辺の険しくも細い道に入り、一行の歩みは遅くなっていた。そんな中にあって長身の若者だけが平然と足を運んでいた。時に交替して治平と房之助の竹籠を背負うこともあった。

「おいが七つか八つの折りに亡き親父に連れてこられて以来じゃが、ぼんやりとしか覚えておらぬ。最前、塩利の渡し場を横目に見て、湯山峠に向かう三俣を過ぎたで、もう遠くはあるまい」

又次郎は江戸藩邸で勤番の経験があった。ゆえに土地の言葉も江戸言葉も話した。

「秋の日は釣瓶落としと言わんな。この界隈の山中はもう冬の寒さたい。夜を迎えてみよ、おいはうっ死ぬ」

治平が泣き言を洩らし、

「高すっぽ、くたびれんね」

と黙々と従う若者に訊いた。

「流れの具合からみて滝はもうすぐです」

高すっぽと呼ばれた若者が、にこにことした笑みの顔で応じた。

常村又次郎らは、高すっぽと呼ばれる若者が、

「坂崎空也」

という名であり、口が利けることをすでに承知していた。

一月前のことだ。

人吉城下のタイ捨流丸目道場におよそ二年ぶりに飄然と姿を見せた若者は、腰に薩摩拵えの大和守波平一剣のみを帯びていた。その剣を鞘ごと抜いて右手に持ち、玄関で一礼すると道場に入ってきた。

道場では朝稽古が行われていたが、若者は見所に歩み寄り、道場の床に正座すると神棚に拝礼した。

「おお、高すっぽか」

常村又次郎が若者に気付いて叫び声を上げた。

二年前、道場主の丸目種三郎に連れられて丸目道場を訪れた若者は、腰に山刀、手には木刀といった、とても武士とはいえぬ乞食同然の姿であった。

その折り、又次郎と若者は立ち合いをして、又次郎が小手と胴打ちの二本を決めて勝ちを得ていた。

あのときから随分歳月が過ぎていた。

又次郎に会釈をした若者に道場主丸目種三郎が、

「おお、戻ってきたか」

と笑顔で迎えた。

丸目種三郎に向かって平伏した若者が顔を上げ、

「その節はいかいお世話になりました」

と明瞭な声音で挨拶した。

「な、なに、高すっぽ、口が利けるとか」

又次郎が喚くように非難した。

「丸目先生、ご一統様、過日はいささか仔細がございまして言葉を発することを己に禁じておりました。その節の無礼の数々、幾重にもお詫び申し上げます」

と再び頭を下げた。

「どうやら念願を叶えたようじゃな」

丸目種三郎が若者に念を押した。

「はい」

と答えた若者が、

「それがし、坂崎空也と申します。丸目先生、改めてお願い申し上げます。当道場にて修行をしとうございます。お許しいただけませぬか」

「坂崎空也とやら、許そう」

と即答した丸目種三郎が、

「ただし当道場にては、修行を願う者には当道場の仕来りを踏んでもらう。常村又次郎、坂崎空也と立ち合いを命ずる」

改めて命じたのは、以前の立ち合いの折り、空也が手の内を明かさなかったことを丸目種三郎は承知していたからだ。尋常な立ち合いではなかったと竹刀を交えた又次郎も考えていた。

「はっ」

と応じた又次郎が、

「高すっぽ、こたびは手を抜くでないぞ。詫びは本気の立ち合いでなせ」

と命じると、

「はい」

と空也が頷き返した。

二人の若者は、竹刀ではなく木刀で立ち合った。

木刀を構え合った瞬間、又次郎は以前の立ち合い以上に、彼我の差が歴然としていることに気付かされた。

「こ、これは」

と呟いた又次郎は気持ちを改めた。とことん、坂崎空也なる若者の力を引き出してみせると決意した。

「参る」

又次郎は、木刀ということを忘れ、眼前に立ち塞がる荒々しい巨岩のような若者に向かって踏み込んだ。だが、全身全霊で攻めても巨岩は不動のままで、寸毫も動かすことは叶わなかった。

四半刻（三十分）後、攻め疲れて腰砕けに座り込んだのは常村又次郎だった。

「た、高すっぽ、そ、そなたはこの二年近くどこにおったとか」

「国境の南です」

「なに、薩摩に入って修行したというか」

又次郎の驚きに空也がただ頷いた。

「坂崎空也、薩摩で命をかけて修行した者が、わが道場の稽古で満足できるか」

丸目種三郎が空也に質した。

「タイ捨流には、かの地にはなき技や考えがございましょう」

空也の返答は明快だった。

丸目種三郎は沈思し、静かに頷いた。

「そなた、東郷示現流を見たか、稽古をしたか」

又次郎が険しい声音で問うた。

「いえ、東郷示現流は門外不出ゆえ稽古は叶いませんでした」

空也は、久七峠で東郷示現流の筆頭師範酒匂兵衛入道と対決し、勝ちを得たことは口にしなかった。あれが唯一東郷示現流を空也が見た、いや、経験した瞬間だった。

あの勝負以来、空也は何百回も酒匂兵衛入道の体の構えを、刀の動きを思い起こし、自ら刀を構えてなぞってきた。空也が知る薩摩剣法は薬丸新蔵を通して知った野太刀流だ。新蔵によって江戸に知られることになった野太刀流の源流は東郷示現流だ。源は一緒だが、本家の東郷示現流と野太刀流が微妙に違っていることは、酒匂兵衛入道との対決で感じていた。だが、その差異を空也は未だ理解しているとはいえなかった。

又次郎が矢継ぎ早に尋ねた。

「野太刀流は見たか」

「薬丸新蔵どのに稽古をつけてもらいました」

「ほう、薩摩の暴れん坊とのう。あの者、江戸にて名を上げておると聞いた」

丸目種三郎の言葉に空也が頷いた。

「薬丸新蔵とそなたとならば、よき剣友となったであろう」

と丸目種三郎が呟き、

「坂崎空也どん、そなたが命をかけて得た技を見せてはくれぬか」

と又次郎が願った。そして、すぐに言い直した。

「人吉では、噂に聞くばかりで隣国薩摩の剣術を見る機会はないでな。高すっぽ、嫌ならば断ってくれ」

空也はしばし間を置いたのち、

「丸太か使い古された鍬の柄が何本かございましょうか」

と願った。それが又次郎の願いを聞き届ける返事であった。

丸目種三郎が空也の言葉の意を悟り、

「井戸端に木株があったな、まず道場に二つ運び込め」

と若い門弟にあれこれと入り用なものを命じた。

空也は仕度ができるまで道場の隅で静かに単座して瞑目した。

「高すっぽどん、整い申した」

又次郎が言葉を改めて空也に話しかけた。

道場の真ん中に茣蓙が敷かれ、径一尺ほどの木株を二つ置き、束ねた稽古槍の柄や丸棒が差し渡されていた。その数七、八本あり、野太刀流の打ち込みのためのタテギが急ぎ設けられていた。

丸目種三郎は薩摩の御家流儀示現流がどのような稽古をするか、話に聞いて承知していたのだろう。

「又次郎どの、この道場で長い木刀はござろうか」

うむ、と返事をした又次郎が稽古用の太く重い木刀を手にしてきた。

「重かたい、これでよかか」

定寸（じょうすん）の木刀より五、六寸は長く、なにより径が太かった。腕力をつけるための稽古用の木刀だ。両手で振り回すのも難儀した。初めての者には振り回すことさえできなかった。その代わり振り下ろすことができれば、打撃は強烈だった。

「お借りします」

空也は、長さ三尺八寸余の木刀を手にすると、静かにタテギに見立てた稽古槍の束の前に立った。

道場は森閑（しんかん）としていた。

薩摩国と境を接した肥後国人吉でさえ、薩摩の東郷示現流も野太刀流も未知の剣法だった。その剣法の一端を若者が伝えようとしていた。

するすると空也が下がった。

「タテギ」から五間（約九メートル）余後退した空也が、稽古用の太い木刀を右蜻蛉（とんぼ）に構えた。

その瞬間、静かなどよめきがタイ捨流丸目道場に流れた。

又次郎は思わず、

「美しか」

と洩らしていた。

その構えが、坂崎空也の修行が並外れたものであったことを告げていた。

「きえーっ」

若々しい声の猿叫（えんきょう）が響いた。

六尺を超える若者が、蜻蛉の構えのままに「タテギ」との間合いをするすると詰めると、腰を沈めながら、どすんと音を立てて木刀を振り切った。

「朝に三千、夕べに八千」

の稽古を繰り返し、

「地面を叩（たた）き割れ」

の気持ちが込められた一撃が、何本もの稽古槍の柄を叩き折っていた。

しばし、沈黙が道場を支配した。

「坂崎空也、そなたの厳しい稽古の一端を見せてもろうた。礼を言う」

空也に話しかけた丸目種三郎が、

「以後、この道場で薩摩の技を使うことを禁じる」

と門弟一同に言い渡した。だが、その言葉は空也に向けられたものだ、と空也は即座に悟っていた。

薩摩の秘技を隣国のタイ捨流丸目道場が稽古していいはずもない。門外不出の御家流儀を稽古しているとなると、雄藩薩摩から人吉藩にきつい苦情が届くのは眼に見えていた。

「畏まりました」

空也が返答し、丸目種三郎が首肯した。

あの日以来、空也は丸目道場の長屋で独り寝起きし、稽古を続けてきた。坂崎空也の力と技に立ち向かえる門弟はだれ一人としていなかった。いつしか空也は、

「丸目の小天狗」

と呼ばれるようになっていた。

言い出したのは、弓削治平だ。その折り、

「六尺を超える空也に小天狗はおかしかろう」

と又次郎が文句をつけた。

「又次郎どん、空也はおいと同い年の十八じゃもん。大天狗ではおかしかろうたい」

「十八で大天狗では空也が化け物と思われるな」

そんな会話があって、空也は丸目の小天狗の異名が付けられたが、仲間内では相変わらず高すっぽと呼ばれていた。


「高すっぽ、おはん、山には慣れとるな」

弓削治平が前を歩く空也に話しかけた。

「白髪岳はどちらにありますか」

治平の問いには答えず空也が尋ね返した。

「空也、白髪岳は南西七、八里にある。そなた、白髪岳を承知か」

後ろを振り向いた又次郎が尋ねた。

足を止めた空也が南西と思しき方角を眺めた。

晩秋の夕暮れ前、重なり合った山並みに隠れているせいか白髪岳らしき山影は見えなかった。

「又次郎どのは狗留孫峡谷を承知ですか」

三人の中で又次郎だけが空也より年長だった。治平も房之助も空也と同じ十八だった。

「おお、名だけは承知じゃ。そなた、狗留孫峡谷から薩摩に入ったか」
又次郎の問いに空也はただ頷いた。
「高すっぽ、苦労したな」
又次郎のしみじみとした言葉に空也は笑みで応じた。
この一月、丸目道場では空也が加わったことで、一段と稽古が厳しくなってい
た。治平や房之助などは、
「高すっぽ、頼むけん手加減してくれんね」
と稽古相手に指名されると泣き言をまず言うのが習わしとなった。
丸目道場の朝稽古は明け六つ（午前六時）から始まり、およそ一刻半（三時間）
から二刻（四時間）で終わった。それが丸目道場の一日の稽古だったが、空也が
門弟に加わってから稽古の刻が増えた。
朝餉と昼餉を兼ねためしを食した空也は、又次郎ら若手の門弟衆らと昼稽古を
行った。さらに夕餉を食した空也は、丸目道場で直心影流の独り稽古を行った。
丸目道場の長屋に住まうことを許された空也が床に就くのは四つ（午後十時）
過ぎだ。
睡眠の時はおよそ二刻、八つ（午前二時）の刻限に起き、稽古用の太い木刀を

手に球磨川の河原に出て、裸足になり蜻蛉の構えから「続け打ち」三千を朝の日課とした。またそのあと、薩摩拵えの真剣で「抜き」の稽古を、さらには実戦稽古の「打廻り」をこなした。

暗い最中の独り稽古を終えると道場に戻り、道場の拭き掃除をして通いの門弟衆を迎えた。

人吉に戻って以来、このような日々を坂崎空也は繰り返してきた。

「おい、高すっぽ、朝稽古をして昼めしのあと、まだ稽古ば続けるとな。おいの身がもたんたい」

治平らは文句を言った。だが、又次郎は努めて空也の稽古相手をしようと決めていた。この若者がただ者ではないことを察していたからだ。

又次郎、治平、房之助の三人は身分も家格も違った。だが、空也を通じて丸目道場の「朋輩」同士の付き合いをしてきた。そんな稽古漬けの日々が繰り返され、房之助が、

「高すっぽ、稽古ばかりじゃいけんたい。今晩くさ、みなで焼酎ば飲まんね。おい、くんちの晩は楽しかったろうが」

と青井阿蘇神社の祭礼に皆で行ったことを思い出させ、誘った。丸目道場に戻

って間もない九月九日、青井阿蘇神社が鎮座した日を祝うおくんち祭に連れていってもらったのだ。しばらく沈思した空也は、

「球磨川の水源が見たいのです。そこで焼酎を飲みませんか。だれか水源を承知ですか」

と言い出した。

「おいはある」

常村又次郎が、父親に連れられて行ったことがあると答えた。そんなことがあって、球磨川上流域の白水滝を目指すことになったのだ。

また空也は道場主の丸目種三郎に断り、白水滝行きの帰りに、百太郎溝に接する肥後国球磨郡宮原村の浄心寺家に立ち寄りたいとも願っていた。

「そなたには、うちの稽古では物足りまいな。そなたが好きなようにわが道場と長屋を使え。白水滝行もよか。むろん宮原村に立ち寄るのはそなたの勝手じゃ」

丸目種三郎は、空也が朝稽古前に独り稽古をしていることを承知のようだった。

二

およそ一月前、坂崎空也は、丸目道場を訪れる前、人吉街道湯前村の浄心寺で、薩摩修行の結願御礼のお籠り修行をしたあと、宮原村の浄心寺家を訪ねていた。

主人夫婦の帯刀とゆうは一年十月ぶりに姿を見せた空也を驚きと喜びで迎えてくれた。

腰に薩摩拵えの大和守波平一剣を差した侍姿の空也に、ゆうは抱き付いて涙を流し、

「うちではくさ、名無しどんがうっ死んだと思うてきたと。ほれ、見ない、仏壇にあんたさんの名無しの位牌があろうが」

と仏壇を指し示した。

空也は、薩摩修行のすべての基になったのは、日向と薩摩の国境での浄心寺家の隠居新左衛門、娘こう、次男の次郎助との出会いであり、入国できたのも三人のお蔭と思ってきた。三人にとって空也との出会いは悲劇を生むきっかけとなった。だが、三人の死を通して当代の浄心寺帯刀、ゆう夫婦の信頼を得て付き合い

が始まり、薩摩潜入に結びついたのだ。いくら感謝しても足りないと空也は考えていた。

「名無しどんは狗留孫峡谷の石卒塔婆の上でくさ、国境を守る外城衆徒と激しか戦いをしてくさ、滝に落ちて死んだと違うとね。うちに奉公しとったことのある猟師の光吉とあんたさんの姉さんの霧子さんがくさ、その光景を見届けたとよ」

空也はまさかあの戦いを光吉と「姉」の霧子に見られていたとは努々考えもしなかった。初めて知る事実だった。

空也は仏壇の前に座を移すと、合掌して三人の仇を討ったこと、また薩摩修行を果たし終えたことを無言裡に伝えて幾重にも感謝した。

「親父どんも、おこうも次郎助も喜んでおろうたい」

帯刀が空也の背に話しかけた。

空也は合掌を解くと、帯刀とゆうのほうに向き直り、両手をついた。

「浄心寺帯刀様、ゆう様、そなた様方のご尽力とお知恵で薩摩へ生きて入ることができ、一年九月余の修行ののち、かように生きて肥後に戻ることができました。坂崎空也、このとおりお礼を申し上げます」

と頭を下げた。

若者の声を初めて聞いた帯刀とゆうが茫然自失し、しばし無言で空也を見ていた。そして、最初にゆっくりと口を開いたのは、ゆうだった。

「名無しどんに名があって、口も利けたとね。なんちゅうこつね」

その瞼が潤んでいた。

「薩摩から生きて帰ってきた他国者をくさ、初めて見たと」

帯刀がぽつりと洩らした。

その夜、三人は明け方まで語り明かした。

空也は薩摩入りから薩摩滞在の模様を、差し障りのないところで二人に告げた。それでも語り尽くせなかった。

「なんちゅう薩摩逗留ね。空也どん、あんたさんは他人ば虜にする人柄たいね。剣術のことはなんも知らん、そいは大事なこつたい」

帯刀が空也に言った。

その翌朝、空也はひとまず浄心寺家を去ることにした。

人吉のタイ捨流丸目道場で修行したいと考えたからだ。

一度、丸目道場に空也は「無礼」を働いていた。姑息にも手の内を隠して常村又次郎と立ち合っていた。

道場主の丸目種三郎ならば、空也が手の内を隠したことを承知していると思っていた。ともあれ入門が許されるかどうか分からなかった。

「空也どん、預かっとる刀は持っていかんとね」

「丸目道場での修行が決まった暁には、こちらに取りに戻って参ります」

「空也さん、ここはあんたさんの家たい。人吉は近か、いつでん戻ってこんね」

空也は、最後に願った。

「もしかしてこちらに薩摩から文が届くやもしれませぬ。受け取ってはいただけませんか」

空也は渋谷眉月に残した文に、差し当たっての連絡の場を宮原村の浄心寺帯刀方と伝えていた。

「薩摩の麓館の渋谷重兼様の孫娘眉月様からです」

ゆうが空也を見直した。

「空也どん、そげん娘さんと知り合うたとね」

「渋谷重兼様と眉月様は、それがしの命の恩人です。このお二方についてはこの次にお話し申します」

空也は、久七峠での東郷示現流酒匂兵衛入道との立ち合いが人吉藩にどのような影響をもたらすかを考え、帯刀とゆうには、薩摩逗留のなかでも無難な剣術修行や鹿児島城下への道中の諸々だけを告げていた。
そのようなわけで、空也は薩摩入国以前に置いていった大小と道中嚢をこの次に訪れるときまで預かってもらうことにした。刀は現将軍徳川家斉から拝領した備前長船派修理亮盛光だった。

「おお、滝の音がしたぞ」
と常村又次郎が叫んだ。

〈白水滝　江代白水山ニアリ。球磨川水源・雌滝高六十間〉

と『肥後國誌』に記され、『肥後國求麻郡村誌』には、

〈白水滝ト云高五十間巾三間。此両瀧ハ白水山之岩間ヨリ二筋ニ流レ落水勢強ク濆沫烟霧ノ如シ〉

と記された球磨川支流の滝に一行は辿り着いた。

「おお、やっと着いたたい」

治平が叫んだ。

空也は、薩摩の川内川の曾木の瀑布とも加治木の龍門滝とも景色が違う白水滝を仰ぎ見た。

「山向こうの狗留孫峡谷と比してどうだ」

又次郎は道中の話から空也がどこから薩摩入りしたか場所を承知していた。

「比べようがありません」

空也は正直に答えた。

山並みを一つだけ南に越えた狗留孫峡谷は精霊が支配する、

「異界」

だった。

空也は異界に命を奪われ、そして、命を助けられていた。それに比べて白水滝は、風光明媚、豊かな水の流れが見る人の心を和ませてくれた。

「球磨の第一の瀑布にして、城下からわずか十里ほどしかあるまい。だが、われらが歩いてきたような、岸辺にへばりついたなかなか険しい道しかない。城下の人間でもこの滝を知る者はそう多くはあるまい。秘境と言っててんよか」

又次郎が空也に説明した。

空也はこの地が気に入った。おそらく今後も独りで訪れるような気がしていた。

「又次郎どん、今晩の宿はどげんするとですか」

治平が不安げな声を上げた。

「たしか、滝を見下ろす山の斜面に猟師家が一軒あったと記憶しておる。こっちと思う」

又次郎が滝の横手の山間（やまあい）を指した。

「おいがアゼ走りしてくるが、どぎゃんな」

と竹籠を下ろしながら治平が言った。アゼ走りとは、口利きしてくるという意だ。

「頼もう、治平」

三人は白水滝の轟（とどろ）く滝音を聞きながら待つことにした。

空也が不意に腰の大和守波平を鞘ごと抜いた。

「どげんすると」

房之助が空也に訊いた。

「滝を見るには滝壺から見上げるのがいちばんです」

空也は着ていた衣服を手早く脱ぐと褌（ふんどし）一つになり、岩場を飛んで滝壺へ回り込んだ。

白水滝は正確には落差八十間（約百四十五メートル）余の雌滝と、落差五十間（約九十メートル）余の雄滝の二つからなっていた。

華麗な流れの雌滝と豪快な流れの雄滝は、一枚岩の花崗岩（かこうがん）の岩盤に長年の流れが刻んだ凹（くぼ）み伝いに流れ落ちている。いま三人が見ているのは雄滝のほうだ。

空也は飛沫（しぶき）を浴びながら滝壺から滝上を眺めていたが、

「又次郎どの、水源はこの滝の上にあるのですか」

と滝音に抗して叫んだ。

「父からそう聞いておる。じゃが、滝上に行ったことはなか」

又次郎が喚き返した。

空也は瀑布の流れを見上げていたが、

「ならば確かめてこよう」

と呟くや、豪快に流れ落ちる雄滝の、高さ五十間余の岩盤をいきなり登り始めた。

「ひっ魂消った。又次郎どん、どげんしたもんやろか」

房之助が上士の又次郎に問うた。

「高すっぽになん言うてんどもならん、見ちょるしかなか」

思わず土地の言葉で答えた又次郎と房之助は腕組みして、激しい水を全身に浴びながら岩場伝いにするすると猿のように滝を登っていく空也を、ただ唖然と見つめていた。

「又次郎どん、猟師の家が一夜の宿を受け入れてくれ申した」

治平が滝下に戻ってきて報告した。そして、滝の途中を眺める二人の視線の先に、褌一つの空也が滝上へと這い登っているのを見て、

「なんちゅうこつな」

と絶句した。

雄滝は雌滝に比べ、落差こそ低いが流水は豪快で、長年流れ落ちる水が一枚岩の岩盤を鋭く抉り取っていた。

空也はすでに雄滝の中ほどに取りつき、ぐいぐいと滝の上を目指していく。

「空也は江戸育ちじゃっど。江戸の人間がこげん真似をすっとか」

「房之助、薩摩への国境越えや修行で、空也はかようなことを幾つも経験したの

であろう。空也にとって滝登りも修行の一つではなかろうか」

「呆れ申した」

「ありゃ、小天狗ではなか、猿ごたるにゃ」

滝下で三人が眺めているうちに高さ五十余間の雄滝を登りきった空也が、滝下の三人に手を振り、

「おお、よか眺めたい」

と球磨弁で叫んでいた。

「空也、下りてこよ。日が暮れるぞ」

又次郎の叫び声に頷いた空也が流れのない岩場をするすると下ってきて、

「又次郎どん、明日は雌滝を登って白水滝の水源を確かめようか」

と言った。又次郎は黙っていたが、

「空也、おいはご免蒙るたい」

「おいもだめじゃ、体が動くめえ。猿や高すっぽの真似はでけん」

治平と房之助が空也の誘いを断った。

半刻(一時間)後、又次郎ら四人は猟師三平の家の囲炉裏端で持参した米を炊

いてもらい、猪肉と城下から運んできた野菜を入れた鍋を自在鉤にかけて、焼酎を飲んでいた。時に秘境の白水滝見物に来る城下士もいるらしく、この家の老夫婦は、そのような変わり者の受け入れに慣れていた。

「空也、明日はまことに水源を確かめるつもりか」

又次郎が焼酎を注いだ茶碗を手に空也に訊いた。

「この地が気に入りました。白水滝の水源を是非確かめてみたいと思います」

空也だけが焼酎の茶碗に手をつけていなかった。

「この家の主の話では、滝を上がらんでも、少し廻り道じゃが滝の上に出る獣道があると言うぞ。そちらなら、おいも付き合おう。どげんな、治平、房之助」

上士の又次郎の言葉に、すでに二杯目の焼酎に口をつけていた治平がしぶしぶ、

「獣道ならば行ってんよか」

と承諾した。

「おい、空也、そなた、薩摩でどげん暮らしをしていたとか」

房之助が訊いたが、空也はいつものようににこにこと笑みの顔を向けただけだった。

「滝の水は冷たかろう」

「又次郎どの、気持ちがよかです」

「そろそろ山は冬の時節じゃぞ。それを気持ちがよかと言いやるか」

又次郎が呆れ顔で言った。

猪肉を入れた味噌仕立ての鍋が煮えてきた。

囲炉裏端を城下から来た藩士たちに譲った老夫婦は、筵敷きの部屋に引っ込んでいた。

「空也、薩摩の話ば聞かせんね」

治平が言った。

「肥後と変わりはありません。なにかにつけて人々は焼酎を飲み、田畑を耕し、魚を獲りながら暮らしておりました」

「そなたの立場ならそう答えるしかあるまいな。丸目先生がわれらに薩摩の話をすることを禁じられた」

「又次郎どん、禁じられたのは剣術じゃろ」

「違うな。空也が薩摩にいたことも含めてすべて禁じられたのだ」

又次郎が言い切った。

しばし焼酎を飲む音だけが囲炉裏端にした。

「おいは聞いたぞ。薩摩の国境を支配してきた外城衆徒が消えたげな」

「わいも聞いた」

房之助が治平の言葉に頷いた。

又次郎が空也を見た。

「噂の類でしょう」

「高すっぽ、外城衆徒を承知か」

「その名を幾たびも聞かされました。会うたことはありません」

空也は又次郎の質問にそう応じた。外城衆徒の話をし始めれば薩摩で経験したことすべてを話すことになるからだ。

「足掛け三年、どこでなにをしていたのやら。われらの前で見せた木刀の一撃は、並みの稽古で会得できるものではあるまい」

又次郎が言った。

「又次郎どん、そん話はすんなと言いやったな」

「おお、言うた。だが、われらは剣術家同士ではないか」

又次郎の言葉に治平がにんまり笑った。

空也が又次郎を見た。

「白髪岳の南側に川内川が流れているのは承知ですね」

「おお、おんしが薩摩入りした狗留孫峡谷が川内川の水源であったな」

「川内川の中流域に曾木の瀑布なる滝があります」

「おお、聞いたことがある」

「白水滝のほうが落差はあります。ですが、曾木の瀑布は広大です。その瀑布の岩場で独り稽古を積んでおりました」

「独り稽古で薩摩の剣法を習得できるというか」

又次郎は焼酎に酔ったせいか、ふだんより執拗であった。

「おんしと二年前に立ち合うたとき、おんしはおいをだまくらかしたな。あのときですらおんしが本気を出せば、おいは手も足も出んかった」

と空也にお国言葉で迫った。

上士の常村又次郎は江戸勤番を務めたこともあり、ふだんは肥後弁を使うことはなかった。だが酔いのせいか、だんだんと言葉が入り混じってきた。

空也は黙っているしかなかった。

「二年後、坂崎空也は白水滝の頂き(いただ)より高みにおったたい。どげん稽古ばしたらあげん腕になるとな」

「空也、おんし、薬丸新蔵どんに稽古をつけてもろうたちゅうたな。どっちが強かか」

と質した。

「薬丸新蔵どのの野太刀流は、東郷示現流の師範方も手を焼く技量でした。それがしごときが太刀打ちできる相手ではありませんでした」

空也は正直に答えた。

「薬丸新蔵は、江戸で名を上げておると聞いた」

空也は黙って首肯した。

薩摩での修行で本気の打ち合いをしたのは新蔵だけだった。だが、互いに最後の攻めは出していなかった。ゆえにどちらが強いと問われても返事のしようはなかった。されど野太刀流で戦うならば、新蔵が断然強いと思った。

その新蔵が江戸で野太刀流の武名を上げているのを空也は承知していた。そして新蔵が最後に辿り着く江戸の道場があるとしたら、一つしかない。直心影流

「治平、この程度の焼酎に酔くろうか」

と又次郎が治平に応じ、

「又次郎どん、酔くろうたな」

尚武館道場だろう。

（父と新蔵は立ち合うことになるのか）

「それがしは先に猪鍋を頂戴します。又次郎どのらも、焼酎の菜にどうですか」

空也は四人の器にそれぞれ取り分けた。

「薩摩か」

と又次郎が呟いた。

「又次郎どん、高すっぽと同じように薩摩へ修行に行く気な」

「いささか剣術に自惚れを持った時期もあった。だがな、高すっぽと会うてくさ、おいの限界を悟らされたと」

又次郎が淡々と言い、手にした茶碗の焼酎を飲み干した。

三

又次郎が目覚めたのは囲炉裏の火が消えかかっているときだった。隣に寝ているはずの空也の姿がなかった。

（刻限は）

したたか焼酎を飲んで空也が敷いてくれた夜具に転がり込むようにして眠ったのが四つ（午後十時）過ぎか。となると八つ（午前二時）の頃合いか。

又次郎は、水を飲もうと思って囲炉裏に薪をくべて、土間に下りた。囲炉裏の火の灯りで空也の草鞋がないことに気付いた。

空也の寝床に薩摩拵えの刀もない。

（この刻限から稽古に出たか）

又次郎は柄杓で水を汲んで飲み干すと、自らも仕度を整えた。

外に出ると十三夜の月明かりが白水滝を浮かび上がらせていた。そして、その頂きの岩場で空也が独り稽古をしているのが小さく見えた。

又次郎は、昨晩猟師の老爺三平から聞いていた山道を歩き、白水滝の頂きの横手に出る岩場に辿り着いた。

そこからは坂崎空也が独り稽古をなす光景がよく見えた。

空也の腰には薩摩拵えの一剣があった。

仮想の敵を相手に抜き打つ稽古を繰り返していた。

打刀は腰にあるとき、刃は上を向いている。

空也は、相手を正視し、腰を沈めると同時に左手で鞘ごと刀をくるりと回した。

すべてゆったりとした動きだ。

(あの動きはなんだ、己に動きを覚え込ませようとしているのか)

下刃になった次の瞬間、右足を踏み込んで十三夜の月を伸びやかに斬(き)り上げた。

刃の動きが大きく、すべての動作が緩(ゆる)やかだった。

(あれで抜き打ちと言えるのか)

又次郎は、空也が月に向かって刀を使っているのだと思った。

空也の左手が上刃から下刃にして抜くと斬り上げ、残心(ざんしん)の構えをとった。そして、間をおいての納刀までのゆったりとした動作は、どのような意味を持つのか。かような稽古で空也が見せた強烈極まるタテギの破壊が可能になるのか、疑問を抱いた。

空也はこの動きを薩摩にて何千何万回と繰り返してきたのか、と又次郎は不思議に思った。

又次郎はこのゆったりした技なら、真剣で相対しても、避け得る自信があった。

十八歳の若者は、又次郎が想像していた以上の異才の持ち主であり、努力の人なのは確かであろう。そして、どのような場にあっても常に平常心を保っていた。

だが、この動きで相手を制することができるのか。

又次郎は無心に繰り返す空也のゆったりとした抜き打ちを見ながら、丸目道場で見せた木刀の一撃に圧倒された光景を思い浮かべていた。

（なにかが違う）

どれほどの時間、空也のゆったりとした動きを見ていたか。

又次郎はそっとその場をあとにした。

空也は独創の技を身につけるまで、ひたすら五体が記憶している動きを丁寧に繰り返す以外、方策はないと考えていた。ゆえに無心に抜き打つ動きを繰り返した。

そんな最中、先ほどまで空也の稽古を見る者がいて、すでに、立ち去ったことも察していた。

この未明、空也は初めて「抜き」の連続技を試みた。

白水滝の川岸に生えていた紅葉の小枝を手にすると、虚空にそっと投げ上げた。

次の瞬間、上刃の大和守波平が目にも留まらぬ速さで下刃に変わると同時に月に向かって抜き打たれた。

波平の刃は小枝には届かず、従って二つに斬り分けた感触は得られなかった。

残心のあと、すぐに納刀された。そして、再び波平が下刃に変わり、抜き打たれる動きが繰り返されたとき、下降してきた紅葉の小枝は、二つに斬り分けられて白水滝の流れに落ちて消えた。

（未だわが独創の『抜き』は会得せず）

薩摩では、軒下から落ちる雨だれが地面に着くまでに三度「抜き」を繰り返して、

「達人」

と称された。

この迅速な抜き上げは、続け打ちを朝に三千、夕べに八千繰り返して身につくものだ。

空也はだれもいない白水滝の上の岩場で「抜き」の稽古を無心に続けながら独創の技を夢みていた。

（いつの日か、月を斬り分けてみせる）

と心に誓った。

空也が猟師三平の家に戻ってきたのは六つ（午前六時）過ぎのことだ。

「どこに行っておったと」

と治平が訊き、

「滝の上を見に行っておりました」

と空也が答えるのへ、

「空也は、白水滝がそれほど好きか。おいは城下の白粉臭い遊び場所のほうがよか」

と房之助が問うて笑った。だが、又次郎は黙したままなにも言わなかった。

朝餉の雑炊を食し終えたとき、又次郎が、

「空也、水源を見に行くつもりか」

と念押しし、空也は頷いた。

白水滝から沢伝いに二里余と猟師の三平が教えてくれていた。そして、道に迷った折りのために犬を連れていけと猟犬を貸してくれた。アカという名の猟犬は、飼い主の言うことを聞いて四人を沢伝いに先導し始めた。

アカのあとに空也が従い、又次郎、治平、房之助の順で進んだ。

「二里ならたい、一刻半(三時間)で着こうもん」

治平が言った。空也が、

「治平どの、山道の恐ろしさを知らぬようですね」

「高すっぽは承知たいね」

「皆さんの足運びでは片道二刻半（五時間）はかかります」

「往復に五刻もかかるってな」

「そう考えたほうがいいでしょう」

アカが空也と治平の会話を承知したように道を急ぎ始めた。

四半刻が過ぎた頃、房之助が遅れ出した。立ち止まった空也らに追いついた房之助が、

「おいは白水滝の水源など、見らんでよか。猟師の家に戻る」

と言い出した。流れ沿いに戻れば道に迷うこともない。

「房之助が戻るならたい、おいも戻る」

と治平も賛意を示した。

空也が又次郎を見た。

「おいは行く」

二組に分かれることになった。

アカを従えた空也は、又次郎の足の運びを確かめて速めた。

「空也、そなたの父上は、亡き西の丸家基様の剣術指南役であった直心影流の坂崎磐音様か」

不意に又次郎が尋ねた。

(滝上の稽古を見ていたのは常村又次郎どのであったか)

「はい」

空也は正直に返事をした。

「尚武館道場は神保小路にあるそうな」

「ご存じですか」

「いや、知らぬ。おいにとって最初の勤番じゃったゆえ、人吉藩の江戸藩邸から表に出ることなど滅多になかった」

と応じた又次郎がさらに質した。

「尚武館道場は幕府の官営道場に等しき道場と聞いた。多士済々の御仁が門弟衆におられよう。それなのに、なぜそなたは武者修行に出た」

「なぜでございましょう。父の下で修行するのも一つの道ではありますが、それがしは独りになって稽古を積む武者修行を選びました」

「満足か」

「はい」

　と即答した空也が、

「武者修行もまた、又次郎どの方のような大勢の人々の世話になって成り立つことを学びました」

「われら武家奉公の者とそなたとでは覚悟がまるで違うことを、そなたの行動を見て思い知らされた。次の勤番上府の折りは、尚武館道場へ稽古に参る」

「尚武館はだれにも門戸を開いております」

　アカが先導したせいか、空也と又次郎の二人は白水滝の水源まで二刻余りで辿り着き、岩場から流れ出る水源を確かめて、帰路は一刻半で猟師三平の家に戻り着いた。

「空也、又次郎どん、途中で引き返してきたか」

　治平が質した。

「治平、おはんらと違う。水源ば見てきた」

　常村又次郎が少し得意げに言った。

　次の朝、空也一行は江代村の猟師三平の家に別れを告げ、再びいくつもの支流を集めて急流に変わった球磨川岸辺の道を人吉城下に向かった。

「空也はたい、道場におるときより生き生きしとる」

「ああ、間違いなか。今朝はどこへ行きなさったな」

治平と房之助が言い合い、空也に尋ねた。

「滝上で朝稽古じゃなかか」

と言って又次郎が空也を見た。

「いえ、いま一度白水滝の水源を確かめに行きました」

三人の足が止まった。

「そげんこつがあろうか」

「いや、空也ならやりかねぬ」

房之助と又次郎が言い合った。

「アカが従うてくれましたゆえ、一刻半でした」

「暗闇を片道一刻半な、ひっ魂消った」

「いえ、往復です」

その返答に、三人は空也を見て言葉を失っていた。

半刻後、空也は常村又次郎らと多良木村で別れ、宮原村の浄心寺家に向かっていた。この一月余でタイ捨流の丸目道場の稽古に慣れたので、そろそろ浄心寺家に預けてあった大小や道中嚢を受け取りに行こうとしていた。

球磨川から多良木村の灌漑用水として開削された百太郎溝に沿って空也は歩きながら、タイ捨流の稽古を、どことなく物足りなく思っていた。

薩摩の東郷示現流や野太刀流の稽古に比して、どうしても、

「大人しい」

のは当然のことと理解していた。

タイ捨流は、丸目蔵人佐長恵が確立した流儀であった。この蔵人佐、相良遠江守定頼の第三子相良兵庫允頼春の後胤丸目与三右衛門尉の嫡子として、天文九年（一五四〇）に肥後国人吉に誕生した。通称蔵人佐は、幼時から剣の修行に勤しみ、十六歳で大畑合戦に初陣した。その翌年、故郷人吉を出て、天草で修行した。

十九歳で上京し、折りから京に滞在していた上泉伊勢守秀綱に入門している。

時に永禄元年（一五五八）であった。

上泉が将軍足利義輝の前で演武した折りには、丸目蔵人佐が打太刀を務めてい

る。

永禄十年（一五六七）、上泉は蔵人佐に極意、

「殺人刀太刀及び活人剣太刀」

の免許を下付している。この折り、上泉は殺人刀の教授は許すが、活人剣は秘事にわたるゆえ、むやみに教えてはならぬと申し渡した。

同じ年、丸目蔵人佐は、帰郷して相良家に出仕した。だが、永禄十二年（一五六九）三月の大口城をめぐる島津氏との戦いで敗退した責めを負い、出仕を止められた。

蔵人佐は上泉伊勢守秀綱を師と崇めたゆえ、新陰流を名乗っていたが、上泉の死後、タイ捨流に改めた。

再び帰郷した蔵人佐は、相良家に帰参して百十七石を得ていた。蔵人佐は槍、剣、薙刀、居合、手裏剣など二十一流を極めて、相良藩士に伝授した。

晩年、寒村の一武に隠居し、徹斎と号した。そして、寛永六年（一六二九）五月七日、九十歳で身罷った。

以来、何代にもわたり、タイ捨流は人吉藩相良家の武芸として継承されてきた。武術の理も存在感も、価値観も時代とともに変遷する。だが、何百年と継承さ

れてきた武術には、なにかしらその核心に輝くものがあると空也は信じていた。

一月や二月でタイ捨流が分かるはずもない、と空也は戒めながら百太郎溝の流れを歩いて浄心寺家に近付いていた。

空也は長屋門を潜らず、百太郎溝から流れ込む疎水に沿って浄心寺家の先代新左衛門、こう、次郎助の墓所に向かった。

林の高台にある三つの墓には、一月前に薩摩から戻った折りも参っていた。墓は綺麗に掃除がしてあり、菊の花が供えてあった。ゆうが墓参りを欠かさないゆえだ。

空也は、大和守波平を腰から抜くと、新左衛門らの墓に合掌した。

晩秋の陽射しが穏やかに射していた。

(高すっぽどん、元気な)

空也の胸に新左衛門の声が響いた。

(息災にしております)

(ならばよか)

と聞こえた声から間があって、

(迷いない、悩みない。それが修行たい)

最後に新左衛門の声がして気配が消えた。

空也は浄心寺家の長屋門を潜(くぐ)った。

「おお、空也どんな。人吉で元気にしとると聞いたと」

帯刀が迎えた。

「門弟衆と白水滝を訪ねた帰りです」

「なに、朋輩(ふうびゃし)衆と白水滝ば見物な。山ん中たい、もう寒かろうもん」

と応じた帯刀が、

「刀ば取りに来たとな」

「はい」

二人の話し声が聞こえたか、ゆうが飛び出してきた。

「文が届いておるとよ」

空也はすぐにだれからの文か察しがついた。

「だいからやろな」

「渋谷眉月様でございましょう」

「きゃ知れたと。そげんたい、眉月様たい」

帯刀が分かったという顔で応じた。

「有難うございます」

空也は浄心寺家の母屋に招じられた。

二年余預けてあった大小、道中嚢、それに豊後関前藩坂崎遼次郎に宛てた書状と一緒に、眉月からの文も仏間に置かれてあった。

空也は仏壇に線香を手向けて合掌すると胸の中で、

（南無大師遍照金剛）

と唱えた。

空也はまず久しぶりに将軍家斉から拝領した備前長船派の修理亮盛光を静かに抜いた。

二年余、鞘にあった刃にくもりが出ていた。だが、名刀工の鍛造した一剣は、見事な刃文を見せていた。

「空也どんの親父様がくれた刀な」

と帯刀が訊いた。

「いえ、家斉様から拝領の刀です」

「家斉様ち、だいな」

「上様です」

ごくりと帯刀が唾を飲む音がして、

「お、おいのうちに公方様から拝領した刀が二年もあったとな」

と驚きの顔を見せた。

だが、ゆうは盛光などにまったく関心を示さず、

「空也どん、薩摩から文たい。そいが大事やろが」

と読むように催促した。

空也は盛光を鞘に納め、肥後国球磨郡宮原村浄心寺家気付坂崎空也に宛てた文を披いた。

久しぶりに眉月の水茎の跡に接して懐かしくも胸が躍った。

「坂崎空也様
空也様が麓館を発たれて一月半余が過ぎました。麓館は昔の静けさを取り戻しました。ですが、眉は空也様を看病していた折りや、爺様と一緒に加治木から鹿児島城下、さらには川内川河口の京泊を旅した日々が懐かしく思い出されます。

久七峠にて空也様と東郷示現流酒匂兵衛入道様がなされた尋常勝負は、宍野六

之丞から幾たびも聞かされました。爺様は、東郷示現流の出方を案じておられ、鹿児島の島津齊宣様に書状を認め、尋常勝負であったこと、東郷示現流が遺恨をもって空也様に刺客を送る所業を戒めるべきと訴えられました」


空也は、眉月の文から目を上げた。

「薩摩で案じごとが生じたな」

と帯刀が言うのへ、

「いえ、薩摩では、それがしの身を案じておられます」

空也の言葉をどう受け止めたか、ゆうが頷き、

「最後まで文ば読んでたい、その姫様に返事を書かんね」

と帯刀が命じた。

四

人吉藩は鎌倉時代に相良氏の頼景と長頼親子が源頼朝に仕え、元久二年（一二〇五）に長頼が肥後国人吉荘の地頭に任ぜられて以来、相良氏が球磨郡を統治

してきた。

人吉藩の象徴たる人吉城は北を球磨川、西に胸川の天然の要害に守られ、小高い山に築城された。長頼入城の折り、三日月型の紋が入った奇石が出土したために、

「繊月城」

あるいは、

「三日月城」

とも呼ばれることになった。

その後、十八代義陽の治世下、人吉城の大改築工事を開始し、二十一代（二代目人吉藩主）頼寛の寛永十六年（一六三九）に完成を見た。

当代の人吉藩主十二代の壱岐守長寛は、備前国岡山池田伊予守宗政の子として宝暦元年（一七五一）生まれの長寛は、明和六年（一七六九）、十九歳で人吉藩十一代藩主福将の末期養子で家督を継いだ人物だ。

人吉藩主の座に就いていた。

この時節、人吉藩の藩財政は大洪水や大飢饉、相良氏一族の内紛で困窮し、天明五年（一七八五）には、

「七ヶ年の倹約令」

を翌年より行うことを領内に布告した。

そのような最中、翌天明六年には藩校習教館を、さらに二年後には演武所郷義館を長寛は創設していた。

空也らが白水滝の水源見物に行き、人吉藩の丸目道場に戻って十数日後、道場主の丸目種三郎が下城してきて、いささか上気した顔で門弟らを呼び集めた。

丸目種三郎は、御番衆の職を嫡男の真一郎に譲っていた。ゆえに隠居の身だが、タイ捨流丸目道場の道場主であり、また演武所郷義館の剣術指南を務めていた。ゆえに城との付き合いは今もあった。

丸目道場の師範市房平右衛門が、

「師匠、郷義館でなんぞございましたか」

と一同を代表して訊いた。

「殿が郷義館で武芸演武を見たいと仰せられたそうな」

「ほう、武芸演武ですか。何年もやっておりませんな」

郷義館は剣術をはじめ、槍術、砲術、弓術、馬術、そして体術を教えていた。

「やっておらんな」

と応じた丸目種三郎が、

「うちも演武に出る」

と言い添えた。

人吉藩の剣術はタイ捨流か疋田（ひきた）流が主だ。両派が武芸演武に呼ばれるのは当然のことだ。

「なんぞ懸念がございますか、師匠」

と市房が道場主の丸目に質した。

「仲嶋（なかしま）用人どのからわざわざ注文があった」

「ほう、なんでございましょう」

「高すっぽ、殿はそなたのことを承知じゃそうな。丸目道場の門弟として演武に出よと命じられた」

丸目種三郎の言葉に、

「空也は藩士ではなかですぞ」

と市房が応じた。

「いや、タイ捨流を学ぶ門弟ゆえ、出場は当然じゃっど」

と二つの意見に分かれて、門弟衆ががやがや言い合った。

「静まれ」

と丸目種三郎が一喝し、

「殿の命である」

と言い添えた。そして、空也に向かって、

「よかな」

と念押しした。

空也は、城内にある演武所郷義館を訪れたことはない。その道場だけでも見たいと思った。

「畏まりました」

「三日後、五つ半（午前九時）から始まる。わがタイ捨流は疋田流とともに真っ先に殿に披露いたす」

と言い添えた。

その日の稽古が終わったあと、

「こんところ、倹約せえ倹約せえと上士方はせからしかった。そいが急に武芸演武とはなんやろか」

と弓削治平が朋輩衆に訊いた。

丸目種三郎をはじめ道場のお偉方は別の間で談義していた。

「徒士のおいは知りもはん」

佐野村房之助が言い、

「おい、高すっぽ、おはんのことを殿が承知たい。どげん気持ちな」

と治平が空也を見た。

空也は首を傾げた。

「殿様はおいの名前どころか、顔も知るめえ」

房之助が悔しげな顔で言った。そんな雰囲気を感じ取った又次郎が、

「空也、手入れに出しておる刀を取りに行くか」

と誘った。


白水滝見物の帰路、宮原村の浄心寺家から大小を持ち帰った翌朝、稽古を終えた空也は、刀の手入れをしたいのだがと又次郎に相談していた。

「薩摩拵えを使うたか」

「いや、わが大小を宮原村の浄心寺家に預けてあったのです。薩摩に入る折りに、身一つで国境を越えました」

と空也は説明した。

「身一つじゃと」

又次郎が改めて驚きの顔を見せたが、それ以上追及はしなかった。

「よし、研ぎの名人を承知じゃ」

丸目道場や人吉城とは球磨川を挟んだ対岸の町屋の一軒に、又次郎は空也を連れて行った。

研ぎ師坂本松右衛門は壮年の男で、代々人吉藩相良家藩士の腰のものを手入れしてきた家系だとか。また研ぎ修業のため、京にも江戸にも行ったことがあると又次郎が紹介した。

「拝見しまっしょ」

空也が差し出した備前長船派修理亮盛光を受け取った松右衛門は、まず拵えを、じいっと凝視した。

柄頭から鐺をゆっくりと何度も改め、空也の顔を見た。

「こんお方、江戸藩邸にお育ちになったご家来衆ですか、常村様」

と訊いた。

「高すっぽは藩士ではなか。丸目道場で修行中の者だ。なにか不審か」

いえ、と答えた松右衛門がゆっくりと鞘を払った。一見した松右衛門が、

「目釘（めくぎ）を外してもよかですか」

と空也に訊いた。

空也が頷くと、松右衛門が慣れた手付きで目釘を外し、銘（めい）を検（あらた）めた。

「こ、これは」

代々研ぎ師の家系という坂本松右衛門が絶句した。

「失礼ながら銘をご存じですな」

空也は黙って頷き、

「手入れをしていただけましょうか。ただし研ぎ代はあまり用意できません」

と正直に答えた。

「生涯に一度あるかなしかの名刀、研ぎ師冥利（みょうり）に尽きます。研ぎ代を武者修行のそなたさまから受け取れましょうか」

と研ぎ師は空也に応じたものだ。そして、空也も、

「お願い申します」

と頭を下げた。

以来十数日が過ぎていた。

「おい、空也、あの盛光、そなたの父御(ててご)から譲られた刀か」

「はい」

と空也は答えていた。

「さすがは江戸で武名を誇る尚武館道場の主どのじゃな。うちの殿様もあのような名剣、お持ちではあるまい。うちは貧乏大名じゃからのう」

球磨川の水面を吹き渡る風が冬を教えていた。

城下の船着場から河口の八代に向かって、荷船が今しも離れて流れに乗ろうとしていた。

二人は大橋の上で足を止め、球磨川の流れを見ながら、過日訪ねた白水滝の水源の景色を思い出していた。

(今年の暮れはこの地で過ごすか)

「又次郎どの、御藩の財政は厳しいのですか」

「空也、治平の言葉を思い出したか。洪水や飢饉が続いて、藩の金蔵を空にしたことはたしかだ。それよりな、これまで相良一族の内紛がしばしば起こってな、家老と門葉(もんよう)と呼ばれる一門が争う『お下(しも)の乱』やら、『竹鉄砲騒ぎ(たけでつぼう)』と呼ばれる出来事が藩の力を弱めてきたことも真(まこと)だ。空也、そなたはいずれこの地を離れる。ゆえにあまり首を突っ込むな」

「その気はまったくございません」

「それがよか」

二人はゆっくりと歩き出した。

「又次郎どの、それがしが武芸演武に呼ばれる理由はなんでございましょう」

空也は前方から来る武士二人に目を留めていた。

人吉藩士ではない。といって近隣の大名家の家臣とも思えなかった。浪々の武芸者か、その五体から血の臭(にお)いを漂わせていた。

「又次郎どの、欄干(らんかん)へお寄りください」

空也は腰にある薩摩拵えの大和守波平刃渡り二尺七寸(八十二センチ)余の柄(つか)に左手をかけた。だが、薩摩剣法を使う気はない。柄から鐺まで三尺七寸(百十二センチ)余、薩摩以外では、かように長い剣はありえない。

「空也、承知の者か」

欄干に寄った又次郎が訊いた。

「いえ、存じません」

二人の武芸者が空也と又次郎の三間手前で足を止めた。

「坂崎空也か」

蓬髪の武芸者が尋ねた。

「はい」

と答えた空也が、

「お手前方は」

と尋ね返した。

「名乗る気はない。そのほうと戦う謂れもない。路銀に困って頼まれごとをした。そなたの命、貰い受けた」

空也はただ頷いた。

「ご両者、人吉城下じゃぞ。無法は許さぬ」

常村又次郎が二人に言った。

だが、二人は又次郎の言葉を歯牙にもかけず、それぞれが刀の鯉口を切って戦いを宣した。

「又次郎どの、手出しは無用です」

空也も又次郎を制した。

大橋の上を往来する藩士や町人がいた。

殺気に気付いてだれもが足を止めた。

「各々方、戦いの場から離れてくだされ」

空也が橋の上の人々に言い、二人が剣を抜いた。

蓬髪の一人は背丈五尺五寸（百六十六センチ）か。だが、四肢は鍛え上げられてがっちりとしていた。どっしりした構えで剣を中段に置いた。

もう一人は痩身で左利きか、長剣を左肩の前に立てて構えた。逆八双だ。

相手方の技量からいって、生死の戦いになると空也は覚悟した。

人吉藩城下での戦いだ。

先々の先をとって勝ちを得ることはできない。争いには名目が要った。

「お名前と流儀をお聞かせ願えませぬか」

空也は質した。

相手から返答はなかった。

「それがしを斬る謂れを教えてくだされ」

この問いにも答えはない。だが、橋の上にいる又次郎ばかりでなく、何人もの人吉藩士と町人や物売りがこの問答を聞いていた。

「致し方ございませぬ」

二人の意思を改めて確かめたのち、空也は大和守波平をゆっくり抜くと、正眼に構えた。

十八の若武者が想像を絶する戦いを経験してきたことを、又次郎は今はっきりと悟った。

「参られよ」

空也が大橋の下流側に位置をとった蓬髪の武芸者に視線を向けて誘った。

その瞬間、橋の上流側に逆八双に構えていた相手が一気に踏み込んできて、空也の右首筋に切っ先を伸ばしてきた。

だが、空也は痩身の武芸者の動きを一顧だにせず、蓬髪の武芸者に向かって飛んでいた。

百戦錬磨の武芸者は、空也の動きを考えに入れて立ち向かおうとした。

だが、その者が考える以上に空也の剣の動きは早く、薩摩拵えの長い切っ先が喉元を斬り裂き、同時に横手に飛んで、翻った刀がもう一人の首筋を斬り割っていた。

荒々しいまでの一瞬の勝負だった。

どさりどさり
と音を立てて二人の刺客が斃れた。

空也が後ろに飛んで最前の位置に戻り、波平に血振りをして納刀した。

「又次郎どの、お役人をお呼びくだされ」

そう願う空也の声は平静だった。

「く、空也、おいが見た。朋輩の藩士もおる。おんしに非はなか」

又次郎のお国訛りは動揺していた。

「常村どん、おいも勝負の仔細をしかと見申した」

大橋の上にいた藩士の一人が言った。

その言葉に又次郎が落ち着きを取り戻し、

「空也、おんしは松右衛門方に行け。あとはわれらに始末を任せよ」

と言った。

非ははっきりしていた。ゆえにこの戦いを藩内で始末するために、空也はこの場にいないほうがよいと、常村又次郎は咄嗟に考えたのだ。

その意を汲んだ空也が、

「お任せ申します」

と言い残し、大橋の西側へと渡り始めた。

その瞬間、球磨川の流れに乗って一艘の早船が下流へと下っていくのを空也は見ていた。

おそらく坂崎空也を消し去るために、浪々の武芸者を雇った者か、それに関わりのある者であろう。

空也の腕前を確かめるために二人の武芸者は命を失ったのだ。

突如空也は憤怒の感情に襲われた。


空也が研ぎ師の坂本松右衛門方の敷居を跨ぐと、主が空也を見て、

「手入れは終わりましたと」

と答えて、うむ、という顔をした。

「主どの、いずれ噂が耳に入りましょう。ただいま二人の見知らぬ武芸者に襲われ、この薩摩拵えの波平で斬り捨てました」

「どうりで血の臭いが」

と応じた松右衛門が、

「お見せくだされ」

と空也に言った。

空也が鞘ごと抜いて大和守波平を渡した。

「わしは薩摩拵えの刀の手入れをしたことはなか」

と言いながら刃渡り二尺七寸余の波平を抜き、刃をしげしげと眺め、

「よか、こっちもたい、研ぎをしておきまっしょ」

と預かる体を見せた。

「主どの、一両ほどしか研ぎ代は用意できません」

「坂崎様、三日後の郷義館の武芸演武にくさ、殿さんのお声がかりで呼ばれておられるそうな。そげんお方から研ぎ代を取れましょっかな」

と言い残した松右衛門が、手入れの終わった修理亮盛光を取りに奥へと姿を消した。

藩御用達の研ぎ師のもとには即座に城中の噂が入ってくるのか、空也はただ驚きの体で立っていた。

空也がタイ捨流丸目道場に戻ったとき、治平や房之助ら若い門弟たちが空也を待ち受けていた。

「おい、空也、おんし、大橋の上で人を斬ったとか」

「又次郎どんらが始末ばつけとるたい」

と口々に言い合った。

空也は始末のつけ方次第では人吉藩を出ることになるかと、その覚悟をした。

第二章　江戸の旋風

一

薩摩者の奇怪にして激した圧倒的な剣法が江戸を席巻していた。

若き剣術家、薬丸新蔵だ。

東海道品川宿の剣道場に初めて新蔵が姿を見せたとき、古びて何か所も繕った薩摩絣に軽衫を穿き、薩摩拵えの一剣を腰に差し落として、手には四尺（百二十一センチ）余の柞の木刀だけを手にしていた。

全身に道中の難儀を身に纏った若者が、

「お頼み申す」

と薩摩訛りで願ったのは品川宿の一刀流聖天吉左衛門道場であった。

聖天吉左衛門は、一刀流の祖伊東一刀斎の系譜に繫がり、人柄は温厚、教えは懇切丁寧と品川宿では評判の士だった。

訪問者の五体から漂う異臭に、

「なんだ、物貰いか」

と思わず若い門弟が呟いたが、新蔵は平然と応じた。

「剣術指南、お願い申す」

「なに、道場破りか」

聖天道場は、品川宿近郊の大名家下屋敷や抱え屋敷の奉公人の子弟を門弟にとり、聖天吉左衛門の丁寧な教えもあって門弟八十余人を抱え、毎日稽古に明け暮れていた。

応対した門弟は、

「うちでは立ち合いは許されておらぬ。去ね」

と手にした木刀を振って、立ち去るよう命じた。

すると訪問者は薩摩訛りで何事か吐き捨てたが、門弟には理解がつかなかった。

罵りの言葉であろうことは容易に察せられた。

「どうした、穣吉」

二人目の門弟が、最初に応対した穣吉と呼ばれた門弟に尋ねた。

「白木様、道場破りです。どうせ路銀に困っての嫌がらせでしょう」

白木と呼ばれた門弟は聖天道場の師範代であったが、

「うちでは立ち合いは許されておらぬ」

と同じ言葉で対応した。すると相手はふたたび薩摩訛りで罵り声を上げた。

「白木様、かような類の者は一度懲らしめておいたほうがようございます」

江戸の内海の一角である品川宿にも異国船到来の噂が流れており、いったん忘れられていた武術の稽古に取り組む大名家の家臣が増えていた。しばし考えた師範代の白木が、

「よし、上がれ」

と言い、

「流儀はなにか」

と尋ねた。

「野太刀流」

蓬髪の武芸者が答えると、履き古した草鞋の紐をぷつんと手で切って脱ぎ捨てた。

「在所者ですぞ。道場が穢（けが）れます」

穰吉が言った。

「先生のご判断を仰ごう」

聖天道場は開かれた道場だった。だが、乞食と見紛（みまが）う形（なり）の武芸者は初めてであった。

新蔵は平然とした顔付きで道場の敷居を跨ぐと、稽古風景を一瞥（いちべつ）した。そこでまたお国言葉で何事か洩らした。

「こやつまた、蔑（さげす）みの言葉を吐きましたぞ」

穰吉が白木に言い、

「白木様、それがしに相手をさせてください」

と願った。

見所の前に立つ壮年の聖天吉左衛門が、道場に入ってきた新蔵を見て白木に視線を移し、何者かと無言で尋ねた。

「道場破りと穰吉は言うのですが、今一つ分かりかねます。なにしろ在所訛りがひどうございます」

「国は訊いたか」

「いえ、流儀は野太刀流とか」

「野太刀流な」

　聖天吉左衛門は、訪問者が腰に差した薩摩拵えの、柄(つか)が長く鍔(つば)が小さな刀を確かめ、手にした柞の木刀を見た。

「おぬし、薩摩が在所か」

　聖天の問いに新蔵が頷いた。

「道場破りと聞いたが、まことか」

　新蔵は蓬髪の頭を横に振ると、

「江戸の剣術を知りたか」

　と答えた。

　稽古をしていた門弟衆が稽古の手を休めて、訪問者と聖天の会話を聞いていた。師から立ち合いを命じられてもすぐに対応できるよう稽古をやめたのだ。

「ほう、東国の剣法を知りたいというか」

　聖天と新蔵の会話を聞いていた穰吉が、

「師匠、それがしに立ち合わせてください」

　と願った。

聖天の視線が吉川穣吉にいった。

「吉川、そなた、この者の力を察せられぬか」

「えっ、在所の剣術でございましょう」

「戯け者が」

と叱りつけた聖天は、

（どうしたものか）

というふうに新蔵を見た。

聖天は新蔵が並みの技量ではないことを察していた。また、薩摩の御家流儀は東郷示現流であることも承知していた。だが、この者が名乗った流儀は、野太刀流と、聞いたこともない剣術だった。

「そなた、東郷重位様が開祖の示現流と関わりの者か」

「ないがぁ」

と強い口調で答えた。聖天はその返答が否定の言葉と理解した。

「名を聞いてよいか」

「薬丸新蔵」

と短く答えた。

聖天は薬丸新蔵が一刀流聖天道場の、

「評判と力」

をこの界隈で聞き知った上での訪いと察していた。

聖天は、稽古をやめた門弟たちを見廻し、肥前国蓮池藩士で、心形刀流を長年修行し、江戸藩下屋敷詰めを命じられたのを機に三年前に聖天道場に入門した北村万兵衛に目を留めた。

「北村どの、相手をしてみぬか」

と尋ねた。

道場内に静かな驚きの声が広がった。

北村万兵衛は、聖天道場の中でも三指に入り、師匠の聖天とも互角に打ち合えるほどの腕前だった。そのうえ、江戸藩邸詰めの北村が芝の下屋敷に移された理由を皆が承知していたからだ。

町中で昼酒に酔い食らった他藩の三人の家臣が北村に言いがかりをつけ、堪忍袋の緒が切れた北村が三人に傷を負わせたことが原因で、下屋敷に落とされたのだ。非は北村にない。

だが蓮池藩は、江戸府内で刀を抜く闘争に巻き込まれたことを気にかけ、北村にそのような処分を下していた。

　つまり、北村万兵衛は門弟の中での数少ない実戦経験者だ。

「師匠、畏まりました」

　北村が聖天の命を受けた。

　新蔵の前に北村が歩み寄り、

「なんぞ注文がござるか」

　と訊いた。

「木刀（ぼっと）でねご」

　新蔵が手にした柞の木刀を北村に見せた。

「相分かった」

　新蔵は腰から粗末な薩摩拵えの刀を抜き、道場の隅に置いた。持ち物は刀と柞の木刀だけだった。

　北村も竹刀を木刀に替えた。身の丈五尺九寸余の北村の稽古用の木刀は、定寸より長く三尺六寸はあった。径も太い。

　同じ西国にあっても薩摩藩は格別な大名だった。

　国境を固く鎖してきた薩摩は近年島津重豪（しげひで）の治世下、三女の茂姫（しげひめ）（篤姫（あつひめ））を将

軍徳川家斉の正室に差し出し、幕府との関係を強化していた。一方で鎖国下にありながら領地の琉球を通じて、

「異国交易」

に励んでいた。

異国の情報に通じながら、剣術は門外不出の知られざる示現流だ。

北村の眼前の薩摩者は、野太刀流なる流儀と応えていた。

二人は間合い一間半で睨み合った。

「一つ知りたい。野太刀流は、薩摩の剣法かな」

北村が静かな口調で問うた。

「おいが工夫した流儀じゃっど」

「ほう、そなたがな」

北村万兵衛は、十歳は年下の新蔵に頷き返し、眼前の対戦者に気持ちを集中させた。

するすると新蔵が後ずさりして六間の間を空けた。

北村は自ら木刀を中段に置いて、初めて対戦する野太刀流の攻めに応じることにした。

新蔵が右肩前に木刀を立てた。

聖天吉左衛門は話に聞く薩摩の構え、

「蜻蛉」

と思った。

右蜻蛉の構えは一刀流をはじめとする東国剣法の八双の構えに似ていたが、右足を踏み出して構えられたそれは、八双よりも力強く躍動的に見えた。

（しまった、力を見誤ったか）

聖天の胸中に不安が過ぎった。

その瞬間、腰を落とした新蔵が運歩を始めた。するすると間合いを詰めてくる新蔵の動きを北村万兵衛はじっくりと見ていた。

「きえーっ」

猿叫が聖天道場に響き渡った。

一撃あって二撃なし、新蔵は一気に打突に移った。

北村万兵衛は引きつけて、踏み込んでくる新蔵の一撃に合わせようとした。

だが、実戦経験を持つ北村をしても、新蔵による野太刀流の打突は迅速を極め、圧倒的な勢いで北村の木刀を弾き飛ばして首の付け根を打ち砕いた。

悲鳴が道場に洩れた。

するすると後退した新蔵の前で北村万兵衛が悶絶していた。

「白木師範代、北村どのを道場より引き下げて医者を呼べ」

と命じた聖天吉左衛門が新蔵を見た。

「わしが相手をしよう」

しばし新蔵は聖天を見ていたが、

「見申した」

と言うと道場の隅に置いた薩摩拵えの一剣を摑み、道場の玄関から裸足で飛び出していった。

「せ、先生」

と吉川穣吉が思わず声をかけた。

「わしが相手したとて結果は知れていたと、あの者は言いおった。もはやわしに剣術を教える資格はない」

茫然自失した聖天の口から洩れたのは絶望の言葉だった。

見所に座していた二人の武家方の一人、聖天の剣友にして近江水口藩加藤家の用人清水慶高が、

「聖天先生、考え違いめさるな。あの者、剣術家ではござらぬ。狂犬でござる。だれの手にも負えぬ」

と諭すように言った。

この品川宿の聖天道場の立ち合いから二日後、内藤新宿の真心陰流美濃部弁馬道場が、さらに三日後、麴町の中条流富田長鄭道場が、そして七日後には元赤坂町の宝蔵院流高田派の槍術高田弥太郎道場がというように、次々と薬丸新蔵の一撃に敗れ去り、そのことが世間に知れ渡っていった。

神保小路の直心影流尚武館道場にも、その噂はあれこれと伝わってきた。

朝稽古が終わったあと、豊後関前藩士重富利次郎が福岡藩黒田家の御番衆松平辰平に話しかけていた。

「辰平、そなた、野太刀流なる薩摩剣法を知っておるか」

その場には神原辰之助や米倉右近、それに小田平助や弥助らがいた。

「それがし、薩摩入りしたことはない。ゆえに東郷示現流が門外不出の剣技ということしか知らぬ。小田様は承知ですか」

福岡生まれの小田平助は、富田天信正流槍折れの達人であり、諸国を三十年余流浪した末に尚武館道場に客分として身を寄せていた。

「野太刀流な、わしもよう知らんけん」

平助が弥助を見た。

弥助は元公儀御庭番衆吹上組の一員であったが、坂崎磐音に心酔し行動を共にしてきた。小田平助も弥助も坂崎一統と田沼意次一派の長い戦いに加わった百戦錬磨の者たちだ。

「わっしも野太刀流は初めて聞きます。だが、あちらこちらの道場での立ち合いの様子から察するに、噂に聞く東郷示現流と似ているようにも思えます」

「ああ、よう似とるばい。示現流は一撃あって二撃なし。一撃目をどう止めるか、そこが勝負の分かれ目たい」

弥助と平助が言い合った。

「弥助様、その者、神保小路にも姿を見せましょうか」

神原辰之助が気にかけたか、弥助に尋ねた。

「薬丸新蔵とやら、必ずや尚武館に姿を見せましょう」

「いつですか」

「それはその者に訊くしかありますまい。だが、来ることだけはたしかです」

「東郷示現流にも似た野太刀流の一撃を止める技はございましょうか」

辰之助がだれとはなしに尋ねると、

「父が磐音先生に尋ねたそうです」

と右近が応じた。

右近の父は速水左近、尚武館道場の先代佐々木玲圓の剣友だ。

「して先生からお答えはあったか、右近どの」

「速に速にて応じるは下の下策。むしろ遅で速に対応すべきでしょう、との返答であったとか」

「ほう、速に速にて応じるは下の下策か。遅とはどういうことか」

利次郎が自問するように言った。

しばらくその場に沈黙が漂った。

「もしそげん場合、小田様の富田天信正流の槍折れは有効ではなかかね」

弥助が平助の口真似で尋ねた。

「わしの槍折れがくさ、野太刀流の速打を止めることができるやろか」

平助が考え込んだ。

「まずその前に野太刀流の打ち込みを知らなければなりますまい」

利次郎が言った。

「いや、利次郎さん。わしら、すでに薩摩剣法を承知たい」

「われら、いつどこで薩摩剣法と立ち合うておりましたか」

辰平が平助に尋ねた。

「思い出してみない。空也様がまだ幼いときたい、磐音先生が小梅村の尚武館道場に空也様の入門をなかなか許されなかった時期があったろうが」

「ありました」

と右近が答えた。

「空也様はたい、庭に丸柱を何本も立てて走り回りながら、打ち込み稽古をしちょったな。あれでくさ、足腰が鍛えられて十二歳で道場入りを許されたな。あん動きこそ、薩摩剣法の基たい」

「おお、そうでした。もしや空也様はそのことがあって薩摩入りを目指されたか。幼き頃に繰り返した薩摩剣法の稽古が正しかったのか、確かめに行かれたのではないか」

辰之助が頷くように言った。

「噂に聞く薬丸新蔵の攻めは、どこでも単純にして明快です。間合いを空けて一気に踏み込み、丸棒の木刀を振り下ろす。それを止めるために、遅で対応せよと磐音先生は仰（おっしゃ）る。小田様、槍折れで工夫ができませんか」

弥助の言葉に平助が考え込んだ。

長い沈黙のあと、平助の口から溜息（ためいき）のような言葉が洩れた。

「この場に空也様がおられたなら、よか知恵が生まれたとやがな」

二

人吉藩十二代藩主相良長寛は、東白髪（ひがしはくはつ）に命じて、藩校習教館を天明六年（一七八六）に、演武所郷義館をその二年後の天明八年（一七八八）に城内に設置させた。

東は、米沢（よねざわ）藩の藩政改革を成し遂げた上杉鷹山（うえすぎようざん）の師細井平洲（ほそいへいしゅう）の門下生で、細井に倣（なら）い、人吉藩に藩校を創立して初代館長の座に就き、平洲の実学を実践し、政（まつりごと）の補佐方も務めていた。

元々人吉城下には寺子屋が多く、学問や武芸に熱心な土地柄だった。

長寛は、藩財政が苦しい中、東に命じて文武を奨励し、藩士の意欲向上を図ることで藩政の好転を狙ったのだ。

人吉藩の財政は、江戸初期の寛永から元禄年間(一六八八〜一七〇四)にかけて健全であった。およそ当時の収入は六百七十三貫余だ。

石高は二万二千石だが、実高は十二万石あったとされる。

だが、宝永二年(一七〇五)、幕府により利根川・荒川浚えを命じられ、その経費として藩は六百六十四貫を要した。

ほぼ一年分の収入に等しい臨時の費えを藩では、藩庁から三百四十六貫、残りの三百十八貫を京、江戸の商人から借金した。

この年、江戸藩邸では、別口で藩邸改修費用として百貫を大坂商人から借金していたため、四百十八貫以上もの借財を負ったことになる。

小藩にとってこの借財は致命的であった。それでも節約に節約を重ねてなんとか借金を返済している。

人吉藩は、西国の他藩がそうであったように、藩成立初期から長崎に船を出し、異国の珍しい布地や衣服を買い入れ、京に運んで売り捌き、それなりの収入を得ていた。ゆえに藩財政にゆとりがあった。

この長崎口交易を可能にしたのは、人吉盆地を貫く球磨川の開削にあった。急流球磨川は浅い川底の上に岩が多く、舟運には不向きだった。それを人吉の町人林藤左衛門が私財を投じて開削を企てた。寛文二年（一六六二）のことだ。そして、三年がかりで球磨川開削を成功させた。このことで人吉城下から熊本藩内の八代までの舟運が可能になったのだ。

一方で相良氏を悩ます厄介事があった。

鎌倉時代以来一貫して同じ領地を相良一族が統治してきたのは、諸大名のなかでも稀有の例だ。この中世以来の伝統や仕来りから、家老と門葉がしばしば対立して、財政困窮の中で「御手判銀騒ぎ」や、八代藩主頼央を暗殺した「竹鉄砲騒ぎ」といった御家騒動が繰り返された。

以後、四代にわたり、他家からの養子が続いたが、晃長、頼完、福将は短命で、長寛の治世下になって藩政は落ち着きを取り戻した。だが、藩財政は相変わらず憂慮すべき事態に陥っていた。そんな最中に長寛は文武を盛んにし、藩の財政改革を断行しようとしていた。

坂崎空也は、常村又次郎らとともに初めて大手口多聞櫓を潜って人吉城内に入った。

東方の高所に本丸を置き、西北へ二の丸、三の丸と段状に配した平山城造りだ。

本丸は東西二十八間（約五十メートル）、南北十七間（約三十一メートル）、二の丸は東西六十八間、南北三十三間、三の丸は東西百三十九間、南北五十八間と堂々たるもので、外郭の周囲は二十丁半（約二千二百三十メートル）もあった。

枢要部は球磨川と胸川に面して堅固な石垣になっていた。

この石垣、天正年間（一五七三〜九二）の朝鮮出兵の前に、豊後国から石工を招いて造らせたものだ。

郷義館と扁額に書かれた演武所からすでに藩士らが稽古をする物音が聞こえていた。

藩主長寛が郷義館に姿を見せる半刻前のことだ。

「高すっぽ」

常村又次郎が空也を道場から離れた石垣下に呼び、

「おんし、殿から必ずや、腕前を見せよ、と命じられよう」

と言った。

「高すっぽの出自は、丸目道場ではおいしか知らん。いや、師の種三郎様は承知かもしれん」

　又次郎は城下の大橋での刺客二人と空也の戦いの始末をつけるために、丸目種三郎に詳らかに話していた。その折りの種三郎の反応に、坂崎空也が何者かをすでに承知と又次郎は感じたのだ。

「本日、殿がおんしを郷義館に招かれたのは、おんしの父御が公儀の官営道場に等しき直心影流尚武館道場の道場主と承知ゆえかもしれぬ。その場合、殿がおんしの出自を明らかにされ、藩士全員に知られた場合、差し障りはなかか」

　又次郎は空也が斃した刺客らの背後に控える者を気にかけていた。

　空也は沈思したのち、

「薩摩」

　と呟いた。

「高すっぽ、薩摩に恨みを残して戻ったか」

　空也は、これまで人吉ではだれにも話していなかった久七峠での東郷示現流筆頭師範酒匂兵衛入道との尋常勝負を掻い摘んで又次郎に話した。

「な、なんと、おんし、東郷示現流を敵に回したか」

　驚愕の顔の又次郎と空也は睨み合った。

「武芸者同士の尋常勝負でございました」

空也は告げた。

眉月の文にも、祖父の渋谷重兼が薩摩藩主島津齊宣に書状を認め、東郷示現流が遺恨をもって空也様にさらなる刺客を送る所業を戒めるべきと訴えられました」

とあった。

空也の頭にはそのことがあった。

「いや、高すっぽ、薩摩にさような言い訳が通じるはずもなか」

又次郎が言い切った。

「又次郎どの、それがしは演武に出ぬほうがよいようですね。道場に戻り、長屋を引き払って人吉藩を即刻出ます」

空也は人吉藩に迷惑がかかることを恐れて言った。

「待て、いまさら殿の命を反古にはできん。反古にすれば人吉藩も高すっぽを庇いきれんたい」

黙考した又次郎が、

「おいが師匠に相談ばしてくる。ここで待て」

と命ずると、足早に郷義館に入っていった。

四半刻、空也は迷いながら待った。

郷義館から又次郎が飛び出してきた。

「師匠は漠（ばく）とおんしの出自を承知じゃった。それでな、高すっぽ、武芸演武には出よ、と命じられた。殿に所望されたとき、おんしが立ち合う相手は、こん常村又次郎一人たい。いいか、いつもの稽古のように、六、七分の力でおいと打ち合え」

「又次郎どの、それがしはいつも全力で当たっております」

「おいは大橋の上の勝負を見た人間ぞ。そのうえ、東郷示現流の筆頭師範酒匂兵衛入道どんに勝ちを得ておる。おんしがわれら相手に手加減しておることは丸目道場の門弟はだいも承知じゃ。なれど、手加減を殿に見破られてはならぬ」

難しい注文だ、と空也は思った。

「なんとしても殿に満足してもらわねばならぬ」

又次郎が空也に念押しした。

郷義館は、江戸神保小路にある尚武館道場の半分ほどの広さに思えた。その中に士分の者が二百数十人集まっていた。

又次郎も空也も稽古着に着替えた。

「殿の御成り」

小姓の声が響いて相良長寛が見所に姿を見せた。そのかたわらに一門の面々や、東白髪と思しき人物や国家老のほかに継裃（つぎかみしも）姿の丸目種三郎が控えた。

この年、藩主の長寛は四十七歳だった。

長寛の着座でタイ捨流の打ち込み稽古が始まった。門弟衆の中から十人が選ばれ、東西に分かれて実戦形式の打ち込みになった。

さすがに藩主の前だ。

だれもがいつも以上に力を出し切って熱戦になった。

このタイ捨流の打ち込みが始まると疋田流の高弟衆も負けじと熱の籠った対戦を見せたが、技量はタイ捨流が充実しているように思えた。

人吉藩に伝わる二流の打ち込み稽古が終わると、丸目種三郎が常村又次郎に合図を送った。そして、長寛に何事か告げた。

空也と又次郎の立ち合いの番だ。

又次郎と空也は見所に一礼し、道場に出て相正眼に竹刀を構えた。

タイ捨流や疋田流の打ち込み稽古とは違った特別試合だ。

空也は、竹刀を構え合った瞬間、先手を取って攻めに徹することを思い付いた。

すいっ
と間合いを詰めた空也が竹刀を面打ちに伸ばし、又次郎が弾いた。

空也が薩摩から戻って以来、タイ捨流丸目道場でいちばん多く立ち合っている相手が又次郎だ。力の差はあるにしても互いが手の内を承知していた。

むろん空也は野太刀流で学んだ動きや技を師匠丸目種三郎らの前で披露した以外、師匠の言葉もあって道場で封じていた。ただし深夜、空也は球磨川の河原で木刀を持って薩摩流の、

「朝に三千、夕べに八千」

の続け打ちを繰り返し、時に薩摩拵えの大和守波平に替えて、

「抜き」

の独り稽古を続けてきた。

そこで藩主相良長寛の前で空也は、直心影流の基の技で又次郎を攻めることにした。

又次郎は阿吽の呼吸で空也の意図を感じ取り、

「受け」

に回った。

ひたすら空也は攻めた。だが、動き回りながら最後の一手を使うことはなかった。

タイ捨流道場で繰り返される朝稽古と同じだ。だが、それと異なるのは、二人の緊張と絶え間ない攻めと受けの攻防だ。それが緊迫感を生んでいた。

藩士らが又次郎の健闘を胸の中で賞賛しつつ凝視していた。

二人の稽古はタイ捨流、疋田流の打ち込みを超えてはるかに激しかった。だんだんと又次郎の受けが遅れてきた。

空也は眼で、

「攻め」

に転じよと伝えた。

直後、ぴょんと又次郎が後ろに下がって間合いを空けた。

空也は正眼、又次郎は上段の構えで一瞬見合い、阿吽の呼吸で互いに踏み込んだ。

空也は胴を、又次郎は面を狙った。

二つの打撃が、びしり、と一つの音に重なり、互いが飛び下がって一礼した。

二人の立ち合いはいつしか四半刻にも及んでいた。

又次郎が大きな息を吐き、見所に向きを変えた。空也も見倣(みなら)った。

見所の長寛に一礼して二人は下がった。

続いて槍術の披露が始まった。


この日、長寛の演武見学は昼餉をはさんで七つ（午後四時）の刻限まで続いて無事に終わった。

丸目道場の面々は道場に戻り、師匠の帰りを待った。

重臣や郷義館の剣術指南は、長寛と一献(いっこん)傾けるのが通例だとか。

「高すっぽ、おんし、若い割にはおいの力にようあわせよったな。おいのボロを見せぬよう立ち回ってくれた」

又次郎が空也に言った。

「それがしには、さように器用な芸当はできません」

「力をすべて出し切ったというか。他人は騙(だま)せてもおいは騙せんぞ」

「又次郎どのが力をつけられたのです」

空也の言葉を吟味するように考えていた又次郎が、

「四半刻もおんし相手に動けたのは事実たい」

とそのことを認めた。

「その通りです」

「殿様はどうご覧になったか」

又次郎の心配はそちらに向けられた。

道場でも焼酎が振る舞われた。飲みながら演武のあれこれを話題にしつつ、丸目種三郎の帰りを待った。

丸目が戻ってきたのは六つ半（午後七時）時分だ。

「本日はご苦労じゃった」

門弟衆を労（ねぎら）った丸目が二人のそばに来て、

「又次郎、空也、殿はそなたらの打ち合いにちゃんとこ満足じゃたもん。よかんびゃぁに終わったたい」

と二人の名を上げて、よい首尾に終わったと褒（ほ）めてくれた。

空也はあの場で長寛が空也の出自を持ち出さなかったことに安堵（あんど）していた。

「空也、殿の仰せたい。そなたの思い通りに人吉で修行していけと、わざわざ言い添えられたと。人吉を去る要はなかとも仰せられた。分かったな、空也」

空也と又次郎にだけ聞こえる声で丸目種三郎が言った。

どうやら長寛は空也の出自をおぼろげにも承知し、人吉滞在を許したと空也には思えた。

「丸目先生、殿様のご心底、まことに有難く存じます」

空也は礼を述べた。

翌未明、空也が球磨川のほとりで独り稽古をしていると、人の気配がして、続け打ちを見ている様子が窺えた。

常村又次郎だ。

空也は続け打ちの稽古をやめることはなかった。すると又次郎もそのかたわらで木刀の素振りを始めた。

いつもより早めに独り稽古を終えた空也のかたわらで弾む息の又次郎が、

「深夜に球磨川で天狗が大暴れしとるという噂が城下に流れとると。おんしやったか」

「丸目先生の命に背きましょうか」

「先生は道場での薩摩剣法を止められたのだ。おんしが河原で独り稽古するのを止められたわけではない」

「又次郎どのが加わりました」

「おいのは薩摩剣法じゃなか、タイ捨流の素振りじゃ」

　と又次郎が言い、さらに言い添えた。

「空也、おんしに礼を言いたかったと」

「礼を言われるようなことはしておりません」

「いや、おんしが道場に戻ってきて、道場にぴーんと張りが出てきた。だれもが高すっぽを、坂崎空也を目指して稽古をしておる。昨日の演武な、タイ捨流と疋田流の稽古には差があった。それはおんしもとくと承知であろう。それがおんしの功績たい」

　空也は黙って又次郎の言葉を聞いた。

「空也、師匠の言葉を改めて伝える。坂崎空也の出自を殿は承知だ。それは師匠が殿に申し上げたからだ。そのうえで、師匠が昨夜言われたように、坂崎空也には己の得心がいくまで人吉に逗留してよいと殿は仰せられたそうな。薩摩と人吉の関わりを、なにもおんしが斟酌することはなか。分かったな、空也」

　空也は頷いた。

「師匠はまたこうも言われた。うちの稽古ばかりでは満足すまい。おんしの好きなようにやれと言われたぞ」

「お気持ち有難く頂戴します」

「おんし、なんぞ不足はなかか」

「格別に」

　と答えた空也は、

「いえ、一つだけ」

「なんじゃ」

「ふらりと長屋からいなくなることがあるやもしれませぬ。その折りはご案じなさることはございません。半月ほどで道場に戻って参ります」

「まさか薩摩に」

　空也が首を横に振って、

「肥後の山に、白水滝か球磨川の水源辺りに、山修行に入ります」

「そうか、やはりうちの稽古では満足しておらなかったか」

と言った又次郎が、

「おんしの邪魔はすまい。好き勝手に山に入れ。じゃが、必ず道場に戻ってくるのだ」

「それがしが肥後を去るときは、真っ先に又次郎どのに申し上げます」

「相分かった」

又次郎が球磨川河原から先に消えた。

三

空也は再び球磨川の上流の江代村に戻っていた。

老猟師三平の家に一夜の宿を願い、夜明け前の八つ半（午前三時）に起きた。研ぎ師松右衛門によって手入れがなされた大和守波平を腰に差し、木刀を手に持って星明かりを頼りに白水滝の水源ではなく水上越といわれる峠近くの球磨川の水源を目指した。

夜が明けないうちはゆっくりと足を運び、足裏で大地を踏みしめていく。だが、少し明るくなると渓流沿いに岩場を登り、小さな滝を攀じ登り、倒木を乗り越えて球磨川の水源に近付く。

足の運びがだんだんと速さを増した。最後は岩場を飛ぶ鹿のように駆けた。

水源は二本生えた古木の幹下の岩場だ。伏流水である。

空也は初めて足を止め、清水を手に掬(すく)って飲み、喉(のど)の渇きをいやす。この水源辺りで五千尺（千五百十五メートル）ほどだ。

冬の時節、山を寒気が覆っていた。だが、空也にとっては寒ければ寒いほど修行のやり甲斐(がい)があった。

わずかな休みのあと、水源から北西に向かって樹林を抜けて山犬切(やまいんぎり)を目指す。

水源からさほど遠くはない。だが、そこが目的地ではない。

猟師の三平爺が前夜教えてくれた平家(へいけ)の落人(おちうど)伝説が残るという五箇荘(ごかのしょう)を尾根道沿いに目指す。

深い山並みだ。東には日向(ひゅうが)との国境が山並みに隠れているが、西には八代海が望めるはずだ。

空也は勘を頼りに尾根の獣道(けものみち)を北へと歩き続ける。

冬の陽射しが昼の刻限を告げていた。

空也は三平の老妻が食い物として持たせてくれた稗餅(ひえもち)と干し柿を一つずつ食し

て再び歩き出す。尾根道が谷に下る辺りで日が暮れてきた。

空也は三平から教えられた猟師や杣人が使う小屋を、日没と競いながら探し、ようやく探し当てた。

小屋に入ると土間に板の間があり、火が燃える囲炉裏端には先客がいた。

怪しげな風体の男ら三人が女子にめしの仕度をさせていた。剣術家くずれの野盗か山賊、そんな風体だ。

年増女が一瞬空也を見て、さらに三人の男を窺う様子を見せた。山中で会えたにしては鄙に稀なる顔立ちだった。

「一夜の宿を貸してくだされ」

空也が願った。

だが、三人は焼酎を飲みながら空也を見つめたままだ。

「去ね」

一人が焼酎の茶碗を手に表を指した。どうやら空也の言葉が理解できたようで、三人の頭分と思しき男が言った。

男らの背後には猟師鉄砲一挺が置かれていた。だが、この三人が猟師でないことは形や言葉遣いから歴然としていた。

九国の中でもいちばん山深いところだ。どこかの城下で悪さをして役人に追われ、この地に逃げ込んで山賊暮らしをしているのか、と空也は推測した。

「もはや日が落ちております」

「ならば寒さに凍えて死ね」

若い一人が吐き捨てると猟師鉄砲に手を伸ばした。火縄銃で脅かすつもりか。だが、猟師鉄砲を射つには仕度が要った。

空也は狗留孫峡谷に案内してくれた光吉や、江代村の三平老人から猟師鉄砲の使い方を聞いて知っていた。

「脅しても無駄です」

「頭、こやつ、未だ若か」

猟師鉄砲を構えた手下が言った。

「撃ち殺して谷に投げ落とせ」

頭と呼ばれた髭面が命じた。

「玉も入れておらぬ鉄砲でどうする気です」

猟師鉄砲を構えた若い男が空也に近寄り、銃口をぐいっと胸に突き出した。男は土間に入ったばかりの空也の落ち着きを、立ち竦んで怯えていると勘違いしていた。

空也は手にした木刀の柄で銃口を払った。

「抗うか」

鉄砲を振り翳してこんどは殴りかかってきた。

空也はその場を動くことなく、猟師鉄砲で殴り付けようとする山賊の鳩尾を木刀の先端で突いた。

「ぎえっ」

と若い男が叫びながら鉄砲を離して後ろ倒しに転がり、悶絶した。

空也を見ていた頭と残る仲間が黙って立ち上がった。すでにそれぞれが得物を手にしていた。

「女衆、その場にじっとしておられよ」

空也が命じた。

女が空也の顔を正視して首肯したところを見ると、空也の言葉が理解できたのであろう。

「そなた方は山賊の類ですか。この女衆をどこぞから勾引してきたのですか」

空也は推測を口にした。

「若造が」

頭と呼ばれた男が刀を抜いた。だが、振り翳すことはしなかった。猟師小屋の狭さを弁え、土間に立つ空也を片手で狙った。もう一人の手下も山刀を構えた。山では山刀がどれほど重宝するか空也は知っていた。

ともあれ闘争に慣れた様子の二人だった。女はこの二対一の戦いを凝視していた。

「死にたいか」

頭分が訊いた。

「いえ、それは」

「今なら許す、去ね」

最前と同じ言葉を吐いた。

「この場から立ち去るのはそなたらです」

「許さぬ」

山刀の手下が女衆に近付こうとした。

人質に取り、空也の動きを封じるつもりか。

そう判断した瞬間、空也は山刀の手下に向かって飛び、木刀で首筋を叩いていた。

「ぐうっ」

と呻(うめ)いた二人目の手下が板の間から土間に崩れ落ちた。

その間に空也の背後の土間に飛び下りていた頭分が、手にした刀で突きを試みてきた。だが、空也はそのことを予測し、身を回しながら木刀を頭分に投げた。

思わず頭分が刀で木刀を払った。

空也は腰の大和守波平を鞘ごと抜くと、柄頭で頭分の顔面を突いていた。

一瞬の勝負だった。

三人とも一撃で意識を失っていた。

女が怖(おそ)れとも驚きともつかぬ戸惑いの目で空也を見た。

「この者どもに仲間はいますか」

空也の言葉を茫然と聞いていた女ががくがくと頷いた。

「五箇荘に」

空也が目指していた土地の名だ。

「いるのですね」

「は、はい」

漠とした曖昧な返答だった。

空也は小屋を見廻し、荒縄を見つけた。頭分の刀の下げ緒を解き、手を後ろ手に縛った。さらに足を荒縄で縛って、土間に転がした。二人の仲間も同じように下げ緒と荒縄で縛り上げた。残った縄で土間の柱に三人を括り付けた。

「これで安心です」

空也の言葉に女は黙っていた。その眼は猟師鉄砲に向けられていた。

「だれの鉄砲ですか」

「……亭主の鉄砲」

「亭主どのはどうなされた」

空也の問いに女は鉄砲を摑むと、いきなり三人の山賊を次々に殴り付けた。

亭主がこの山賊らに殺されたのだろうと推測すると、女の鉄砲を摑んで、

「おやめなされ」

と空也は制止した。

殴られたせいで山賊どもが意識を取り戻し、呻き声を上げた。

「そなたら、この女衆の亭主を殺したのですか」

痛みを堪（こら）えるように頭分はしばし沈黙していたが、女を睨み付けて、

「われらはそのような者は知らぬ」

と答えた。

「人非人（にんぴにん）」

憎しみのこもった眼差（まなざ）しを向けて女が頭分に叫んだ。

空也は、三人の始末をどうしたものかと考えた。その空也の気持ちを読んだかのように頭分が質した。

「われらをどうするつもりか」

「役人に渡します」

頭分が痛みを堪えて笑い出し、

「ここをどこだと思うておる。人吉城下から川辺川（かわべがわ）沿いに十何里も入った山奥だぞ。人吉の役人なんぞが姿を見せると思うてか。われらを解き放て」

と言った。

「そなたらの始末、明日考えましょう」

空也は山賊どもの刀や山刀、それに女の手から取り上げた鉄砲をひとまとめにして板の間の奥に置き、火のかたわらに座った。

「こちらに来ませんか」

　空也は土間に立つ女に話しかけた。

「それがしは人吉城下の丸目道場で剣術修行する門弟です。江代村から修行のためにこの山に入ったのです。朋輩には高すっぽと呼ばれております」

　空也は名前を明かさず、女に話しかけた。

　女は囲炉裏の灯りで空也が若いことに気付いて安心したか、空也とは囲炉裏の火を挟んで反対側に座った。

「そなたの名は」

「くれ」

　と女が答えた。

「くれさん、五箇荘は人吉藩の領地ですか」

　女が曖昧に頷く前に、

「五箇荘がどこの藩の領地かも知らずして山に入ったか」

　と縛られた頭分が囲炉裏に向かって喚いた。

「こちらまで足を延ばしたのは初めてです」

「おまえは人吉藩の家来じゃないな」

「違います。両親は江戸におります」

「なに、江戸者が九国に武者修行か」

「はい」

空也は頭分に答え、

「そなた、少し黙っておりなされ」

と命じた。

「五箇荘とはどのような村ですか、くれさん」

空也が江代村の三平爺に、

「山奥の険しい地で修行がしたいのです。どこかよいところはありませんか」

と尋ねると、

「五箇荘たい。侍さんなら尾根伝いに行けよう」

と家の中から北を指さして教えた。

くれは空也が悪い人間ではないと考えたか、ぼそりぼそりと話し出した。

空也にはその言葉の意が半分も伝わらなかったが、制止したにもかかわらず山賊の頭分が口を出し、五箇荘を空也なりに理解した。

五箇荘は、球磨川に流れ込む支流の一つ川辺川の水源近くに点在する葉木(はぎ)、仁(に)

田尾、樅木、椎原、久連子の五つの集落からなる山村だという。この五箇荘は、平家の落人伝説が伝えられる秘境で、くれの集落の樅木は、五つの集落の中でいちばん東に位置し、山奥の中の山奥だという。そんな樅木を山賊どもが襲っているというのだ。

くれは、猟師の亭主とともに樅木を守るための助勢の人間を人吉まで探しに行った。だが、樅木が出せる金子ではこの三人しか雇えなかったと言った。

「頼りにならない三人でした。山賊どもと一緒よ。なけなしの金を払う要もない」

くれは吐き捨てた。その言葉に、縛られた三人は目を見開いてくれを睨んだが、なにも抗弁しなかった。

くれは仕度していた鍋を囲炉裏の自在鉤にかけた。

「明日、明るくなったらくれさんを樅木へ連れていきます」

「お侍さんの名は」

くれは最前の空也の言葉を聞いていなかったのか尋ねた。

「高すっぽと呼ばれています」

「高すっぽね」

くれが空也の言葉を繰り返し、得心したようだった。そしてようやく警戒を解いたか、和んだ視線を空也に向けた。

「高すっぽはいくつね」

「十八です」

「なに、われらは十八の小僧にやられたか」

くれの代わりに山賊の頭分が悔しそうに言った。

自在鉤にかけられた鍋がぐつぐつと煮え始めた。飫肥(おび)領内矢立峠(やたてとうげ)の山小屋でお目にかかった食い物だ。

くれが黙って丼にだご汁を装って空也に差し出した。

「それがしに馳走(ちそう)してくれるのですか」

「おい、われらの食い物だぞ。われらにも食わせろ」

頭分が喚いた。

「どうせ、どこからか奪い取ってきたものでしょう。そなたらは山を下りるまで我慢しなされ」

と応じた空也が合掌して竹箸(たけばし)でだご汁を食し、

「温かくてうまい」

とくれに言った。

くれも食べ始めた。

その様子を土間の三人が物欲しげに見ていた。

「五箇荘の樅木の郷を山賊どもが襲っているのですね」

空也はもう一度くれに状況を説明させようとした。

「はい」

と答えたくれは、一月前から五箇荘の樅木の郷に十人余の侍崩れや渡世人の山賊が押し入り、村人を一箇所に集めて、金を出せと脅しているという。

山賊に対抗するためにくれと猟師の亭主が人吉で三人を探し、この猟師小屋まで連れてきたというのだ。それにしてもくれの亭主は、なぜこの三人に殺されたのか。

「くれさん、亭主どのはなぜ殺されたのですか」

「こん頭分に殺されたと。うちに悪さをしようとして亭主どんが抗ったところをうっ殺されたと」

くれが淡々とした口調で言った。

「なんということと」

空也は三人を見た。三人は空也の視線を避けるように顔を背けた。そして、何事か考え込んでいた。

「五箇荘の郷は山賊が襲うほど金子があるのですか」

「おい、若造、知らぬのか。平家落人の郷の五箇荘にはな、古から伝わる隠し金があるのだ」

空也の問いに頭分が加わった。くれが頭分を見て、

「そんなもんはなか」

と言い放った。

土間から声が飛んだ。

「いや、わしの目に狂いはない。あるゆえ、われらを五箇荘に呼び寄せて、山賊どもから守ろうとしているのであろうが」

頭分が喚いた。その言葉遣いは最前とは異なり、自信に満ちていた。

「そなた、名はなんという」

「池谷五郎丸」

「池谷どのとやら、そなたらは五箇荘の衆を守るために雇われたのではないのですか。なぜ変心して、くれさんの亭主を殺したのです」

「若造、そんな者は最初から知らん」

池谷が同じ言葉を繰り返した。

「五箇荘にいる山賊もそなたら三人も同じ穴の狢ですね。くれさんはさような金子は樅木の郷にはないと申されています」

「若造、おまえは若い。女子の言うことをあっさり信じおって。われらの縄を解いてくれれば、われらの一味に加えてやらぬでもない。おまえの腕があれば、金も女子も集まってくる」

池谷五郎丸が空也を説得するように言った。

「金子にも女衆にも関心はございません。剣術修行だけが望みです」

だご汁を食し終えた空也は、笑顔で応じた。

「高すっぽか。おまえの刀は薩摩拵えじゃな」

「よう承知ですね」

「薩摩は江戸者などを入れぬ国だ。どこで手に入れた」

池谷五郎丸は空也の刀に目を留めていた。

「山賊まがいの者に教えるわけにはいきません」

「公儀の密偵か」

「薩摩ではよく間違われました」

「なに、薩摩に入ったと言うか」

空也は頷いた。

「江戸者が薩摩拵えの刀を持っておる。おまえも怪しいな」

「そなたらに言われとうございません。ともかく、明日にはそなたら三人を樅木まで連れていきます。今夜はその土間で過ごしなされ」

空也は池谷五郎丸に言い、

「くれさん、この囲炉裏のかたわらで少し休ませてください」

そう願うとくれが頷いた。

空也はごろりと囲炉裏端に横になると、次の瞬間には寝息を立てて眠り込んでいた。

くれはそんな空也を見て、亭主の残したという猟師鉄砲に二匁玉(にもんめ)を詰め、発射準備を黙々とし始めた。その様子を池谷五郎丸らが黙って見つめていた。

四

翌朝、空が白み始めた刻限、空也らは五箇荘の樅木集落へ向けて出発した。くれを案内人にして、後ろ手に縛られた池谷五郎丸ら三人が数珠つなぎになり、行列のしんがりを空也が務めて尾根道から谷へと下る山道を歩いていった。

薩摩、日向、肥後の国境に慣れた空也でさえ、

「これが道か」

と思えるような険しさを極めた、道なき道だった。

段差のある岩場や窪みが続き、暗い森の中を抜けていくのは、猟師の妻女にして五箇荘育ちのくれでなければ案内できない芸当だった。

くれは亭主の形見の猟師鉄砲を手に、竹籠を背負っていた。

囚われ人の三人は、先頭が池谷、二番手を歩くのは空也に鉄砲を突き付けた男で、そして三番手を、山刀を得物にしていた若い男が歩く。

池谷の手下二人の名を知らぬ空也は、二番手を「鉄砲」と仮に名付け、三番手を「山刀」と胸中で呼ぶことに決めた。

「かような格好でこの険しい山道が歩けるか。手の縛めを解け」

歩き出した途端、池谷五郎丸は泣き言を洩らした。だが、くれも空也も聞き流した。

だが、先に進むにつれて、後ろ手に縛られていては歩行は困難と分かった。そこで前を行くくれと相談し、後ろ手の荒縄を解き、三人の腰を繫いだ縛め縄のみで歩かせることにした。縛め縄はなにが起こっても仲間を巻き込まないよう五間（九メートル）の間を空けた。これならば手足が使えるし、歩きが楽になるはずだ。

最後尾の空也の前を「山刀」が行く。

「覚えておれ」

とか、

「くれ、たいがいにせえ。あとでこの始末はつけるぞ」

とか、池谷五郎丸が道案内を務めるくれに向かって罵りとも恫喝(どうかつ)ともとれる言葉を吐いた。

「われらの頼りはくれさんなのだ。生きて縦木の集落に着くまで黙って従いなされ」

空也は十間以上も先を行く池谷五郎丸に言い返した。

大和守波平を背に斜めに負い、木刀を杖代(つえ)わりにした空也は黙々と歩いていた。

道なき道の下り坂は延々と続き、池谷が、

「くれ、これで道は正しいのであろうな」

と尋ねる声がした。だが、最後尾を歩く空也からは姿を確認することはできなかった。

くれが池谷になにかを言い返した声が聞こえてきた。

そのとき、空也は初めて訝しさを感じた。

くれと三人の囚われ人の間に憎しみの感情とか敵対心は感じられず、戸惑いがあるように思えた。

（これはどういうことか）

三人と猟師夫婦の間には、空也の知らない利害とか関わりがあるのではないか、そんなことを空也は考えた。また池谷は決して配下の者の名を呼ばなかった。これはどういうことか。なにか漠然と奇妙さを感じ始めていた。だが、口にはしなかった。

前を行く「山刀」がよろめき、空也が助けに寄った。

「大丈夫ですか」

「おまえに打たれた首筋が痛か」

か細い声で言った「山刀」が、

「騙された」

と空也に向かって、はっきりと言った。

「なにを騙されたというのです」

「おいは人吉でくさ、日銭で雇われただけたい。こげんとこに連れて来られると、知らんかったと」

そう言った「山刀」が、前を行く仲間の縛め縄に引っ張られるように空也から離れていった。

男はそれを言うためによろめいたのか。

「くれ、そう早く歩けん」

とか、

「休ませろ」

という絶え間ない池谷の愚痴を聞きながら、どれほど下ったか、遠くから沢の音が響いてきた。

「おお、近いな。沢で休ませよ。高すっぽに殴られた傷が熱を持っておる」

同情を引くような声音でくれに話しかける池谷の声を空也は聞いた。だが、くれの声はせせらぎの音にかぶさり、空也の耳に届かなかった。

沢のせせらぎは遠くになったり、真下から響いてきたりして、沢が見える場所になかなか辿り着かなかった。

不意に、前を行く「山刀」の足が止まった。

「おお、これは」

と言う池谷五郎丸の驚きの声が空也に届いた。

前方が開けたか、暗い森の向こうに光と空が見えた。

「この吊橋を渡るとか」

恐ろしげな声は、空也の前を行く「山刀」のものだ。

空也の視界が開け、川辺川支流の深い峡谷に架かる大きな吊橋が見えた。

五人が並んで立つ細い岩場は垂直に切り立っていた。そんな岩場と岩場の間に緩やかな円弧を描く吊橋は杉や栗の木を橋板に使い、縒り合わせた葛で造られ、それが谷間を結んでいた。

吊橋の長さは三十数間（約六十メートル）、幅は一尺（三十センチ）あるかなしかだ。

空也が下の峡谷を眺め下ろすと、高さ二十間（約三十六メートル）は優にあった。

この山深い土地にどのような技を使って葛の吊橋を架け渡したのか、理解できなかった。

空也は吊橋からくれに視線を移した。

さすがに五箇荘育ち、山歩きでも息一つ弾ませていなかった。

くれは猟師鉄砲のほかに火縄まで手にしていた。朝、猟師小屋を発って以来、その姿を見るのは初めてだった。

くれが、夫の形見の猟師鉄砲と山刀、それに池谷ら三人の刀を自分が持っていくと言ったとき、空也はそれを許した。

「この吊橋を渡らねば樅木には着かぬのか」

と池谷がくれに尋ねた。

「ここしかなかと」

くれが頷きながら言った。

猟師小屋を出て以降、五箇荘への道程は完全にくれが主導していた。

猟師鉄砲を持って空也に襲いかかってきた「鉄砲」が、結構年数を経たと思える葛の吊橋を手で触り、身を震わせた。

「五人一緒には渡りきらん」

とくれが言い、

「高すっぽ、あんたが先に渡ると」

と空也に命じた。

「それがしがですか」

空也には予想もしない言葉だった。

「こんわろどもを鉄砲で後ろから見張るけん、おどんがあとに残るとよ」

くれが言った。

「高すっぽが先に渡ったら、次にこん三人ば渡すたい」

「われら、三人一緒か」

池谷五郎丸がくれに尋ねると、

「三人の重さなら橋は落ちん。五人一緒は無理たい」

と素っ気(そっけ)なく答えた。

空也は、くれを信じてよいかどうか迷っていた。そして、「山刀」が空也に囁(ささや)いた、

「騙された」

という一言が気にかかった。

池谷五郎丸はおそらく樅木の郷を守るための用心棒などではない。なにか狙いがあって五箇荘の樅木集落に行こうとしているのではないか。「鉄砲」と「山刀」は、ただ日銭で雇われた者だとしたら、どう考えればよいのか。

もしかして、くれと池谷五郎丸は仲間なのではないか、そんな気がした。だが、山深い九国の脊梁山脈がもたらす妄想かもしれぬと空也は考え直した。

「よし、それがしが先に参ろう」

川内川の水源「オクロソン・オクルソン様」に支配された地で生き抜いた空也は覚悟を決めた。

「くれさん、それがしが持っていくものはありますか」

「なか」

くれの返事は素っ気なかった。

頷き返した空也は吊橋に一歩踏み出した。

ゆらり

と吊橋が揺れた。

「ううっ」

と呻いたのは、「騙された」と空也に囁いた「山刀」だ。

空也は背に大和守波平と木刀を負い、一歩一歩、歩みを進めた。

空也の脳裏に猟師鉄砲を構えたくれの銃口が己の背を狙っている、そんな情景が浮かんだ。だが、振り返ることはしなかった。代わりに、

(眉姫様、力を貸してくだされ)

と胸中で願った。

池谷五郎丸がくれに何事か囁いている声が空也の耳にかすかに聞こえてきた。だが、谷から吹き上げる風ではっきりとは聞こえなかった。

空也の脳裏に眉月の顔が浮かび、

(高すっぽさん、無心に念じなさい)

という声が響いた。

川辺川に冬の冷たい風が吹き抜けていき、吊橋が左右にぎりぎりと音を響かせて揺れた。

空也は歩みを止めなかった。

吊橋の真ん中に差しかかった。足元は二十間余の峡谷だ。

空也は視線を前方の三角の山に向けた。その山の岩壁から細い滝が川辺川へと流れ落ちていた。

空也はなんとか吊橋の対岸へと渡り切った。

ふとそのとき、空也はなぜ眉月に助けを求めたのか、不思議な気がした。母のおこんや身内の顔が浮かんでもよいではないか。それが眉月に縋（すが）っていた。空也は、

（眉姫様への恋情が日に日に深くなる）

ことを感じていた。

そんな己を父はどう想うであろうか。そんなことを考えながら渡ってきた吊橋を振り返った。すると対岸では、池谷五郎丸がくれになにかを掛け合っていた。どうやら三人を繋いでいる縛め縄を解けと言っているらしい。くれは、池谷の願いを聞き入れ、山刀で縄を切ると、手に構えた猟師鉄砲の銃口を三人に向け、吊橋を渡るよう命じた。

覚悟を決めたように池谷がまず半歩踏み出した。

吊橋を揺らさぬよう池谷が慎重に歩き、「鉄砲」も一歩踏み出す。

三人目の「山刀」も恐る恐る吊橋へ踏み出すと、空也のおよそ三倍の重みを載せた吊橋が撓（たわ）んだ。

池谷らが、

「わあっ！」

と叫び、後ろを振り返った。だが、その背にはくれの猟師鉄砲の銃口があった。

「おのれ、くれめが！　許せぬ」

池谷五郎丸が喚き、視線を空也のほうへ向け直すと、再びそろりそろりと吊橋を渡り始めた。歩を進めるごとに吊橋が撓んで弧が深くなった。

さらに風に煽られ、吊橋が揺れた。

「わあっ！」

と再び叫んだ「山刀」が、吊橋の上でへたり込んだ。すると池谷とくれが同時に叫んで、立たせようとした。それでも「山刀」はへたり込んだまま吊橋から動こうとはしなかった。

突然、山間に銃声が響いた。

三人が立ち止まったままの吊橋の上を、くれが猟師鉄砲で撃ったのだ。

ぱあっ
と葛の一本を二匁玉が掠めたか、切れる音がした。

「なにをするとか、くれ！」

叫んだのは池谷だ。

必死の絶叫だった。

くれは平然として猟師鉄砲を手入れし、新たに玉を装塡していた。

「山刀」が肚を括ったか、両眼を瞑って前方へと這い進み始めた。それでまた三人は進み始めた。

長い時が過ぎて、ようやく三人は吊橋の真ん中に差しかかった。

そのとき、上流から強い風が吹き上げてきた。

吊橋が揺れて、三人の悲鳴が重なった。

「ほれ、もう半分です。ここまで来なされ」

立場を忘れた空也は吊橋に手をかけ、池谷五郎丸らに声をかけて鼓舞した。手に触れた葛も風に吹かれてびりびりと震えていた。

池谷五郎丸ら三人も狭い橋板に這いつくばり、必死の形相で空也のいるほうへと近付いていく。

(この道は樅木に行く安全な道だったのだろうか)

そんな考えが空也の頭に浮かんだ。

だが、吊橋がある以上、これが樅木へと続く「道」の一部であることは確かだと思えた。

三人は、空也のいる対岸まであと八間ほどに迫っていた。

「よし、もう少しですぞ」

空也が再び吊橋を摑んだとき、今まで感じなかった振動が葛に伝わり、葛が軋(きし)む音もした。

空也は対岸を見た。

なんと、くれが山刀を振りかぶり、吊橋を支える丸太に絡(から)んだ葛を切り落とそうとしていた。

「なにをするんです、くれさん！」

空也が叫んだが、その声は風に掻き消された。

くれはひたすら山刀を揮(ふる)っていた。

池谷五郎丸が異変に気付いたか、動きを止めて振り返った。そして、くれの行動に気付いて、

「くれ、裏切ったな！」

と叫んだ。

その瞬間、橋板の右側が支えを失い、

ずるり

と吊橋が傾いた。池谷ら三人は吊橋の右側から投げ出され、まず「山刀」が絶叫しながら谷底に落ちていった。

池谷は必死に葛に摑まり、「鉄砲」は葛に足が絡まって頭を下に虚空にぶら下がっていた。

空也は、手立てはないかと考えたが、荒縄はすべてくれの背負った竹籠に入っていた。

「二人とも、しっかりと体を支えるのだ！」

と叫んだ。

だが、恐怖に襲われた二人に空也の声は届かなかった。

空也は対岸を見た。

橋板の片方の支えの葛を切り落としたくれが、もう一本の丸太に絡みついている葛に挑みかかっていた。

「やめよ、くれさん。くれ、やめるのだ！」

空也の叫びをよそに、くれが平然と山刀を揮い続けた。

「二人とも、落ちてしまうぞ！」

空也の言葉もむなしく、頭を下にしていた「鉄砲」が落下していった。

残るは池谷五郎丸だけだ。

事の真相を知るためにも、なんとしても池谷五郎丸だけは生き残ってほしいと念じて、手を差し伸べた。

風の間から最後の山刀の一撃が響いて、吊橋の一方が完全に川辺川の峡谷へと落ちていった。

対岸の支えを失った吊橋が、空也の足元から谷底へとぶら下がっている。

空也は背中の大和守波平と木刀を抜くとその場に置いた。身軽になった空也は今にも落ちそうな吊橋の葛を伝って下り始めた。

「池谷どの、手を放すでないぞ。すぐに下に行きますぞ」

空也は池谷に、いや、己に言い聞かせながら葛を頼りに下りていった。

あと五間。

強烈な風が吹き上げてきた。

池谷が悲鳴を上げた。

「今少し、頑張るのです」

風が弱まった。再び降下を開始した。

あと二間半。

その辺りから葛が弱くなっていた。二人の重みを支えられるか。

空也は祈った。

(捨ててこそ)

武者修行に出て間もなく、五ヶ瀬川(ごせがわ)の流れを望む日向街道で出会った遊行僧(ゆぎょう)の姿が浮かび、無言の声が胸に響いた。

さらに下りた。

右手を伸ばし、

「さあ、摑め。摑むのだ」

手と手が触れ合った。

(摑むだけだ)

その直後、葛がずり落ち、一間ほど下がった。

空也は左手で必死に己の体を保持した。だが、池谷五郎丸は、

「ああっ――」

と尾を引く絶望の声を残して、空也の指先からその気配が消えた。

空也は片手で葛に縋りながら、谷底を見た。

池谷が岩場に叩き付けられるのが見えた。

空也は茫然自失したまま左手で葛に縋りついていたが、やがて無益に終わった右手を葛に絡ませた。

空也は死の気配が漂う切り立った崖から這い上がった。

ふと気付き、対岸を見た。

そこにいるべきくれの姿は、いつの間にか消えていた。

昨夕からの出来事の数々をどう考えればよいのか、空也の頭は真っ白でなにも判断がつかなかった。

破壊されて無残にぶら下がった吊橋が、風に煽られてぎしぎしと哀しげに鳴る音だけが足元で響いていた。

空也はしばしその場に結跏趺坐して瞑目した。

（捨ててこそ）

遊行僧の無言の声音に空也は両眼を見開いた。

いつしか冬の陽が山の端に消えようとしていた。

くれは、空也が道案内なしに樅木の郷へ辿り着く術はないと考え、先に渡らせて三人を始末したのか。

三人の死は、くれには予定されたものだったのか。

（くれ、そなたには負けぬ）

空也は狗留孫峡谷の滝から生き返った男だ。そなたが考えるほど柔ではないぞ、と己に言い聞かせ、かすかでも光があるうちに吊橋の先の山道を辿ろうと考え、立ち上がった。

第三章　樅木の郷

一

九国(くこく)の背骨とも言える山並みからいくつもの水が染み出し、それらの細流が一つ二つと合流して大きな流れや急流となって海にそそぐ。

秘められた地、平家の落人伝説が伝えられる五箇荘を水源に持つ川辺川もまたその流れの一つだった。

五つの集落に点在して住む人々は、川辺川やその支流の段丘(だんきゅう)や急な傾斜地にへばりつくようにひっそりと生きてきた。

山の中ゆえ、蕎麦(そば)や稗などの焼畑農業や茶の栽培をしたり、その合間には木器(もっき)を作ったりする木地師(きじし)として生きてきた。

この五箇荘の存在が初めて知られたのは慶安三年（一六五〇）のことだと『肥後國誌』は記す。

だが、その秘境のことは、阿蘇惟豊に仕えた者に所領地として与えられていたため、実際には戦国時代から外部に知られていた。

久連子、椎原、仁田尾、葉木、樅木の五つの郷が五箇荘と呼ばれるようになったのは、阿蘇氏一族と関わりがあった緒方氏、左座氏が砥用方面に手を広げた戦国時代初めのことと推定される。

とはいえ、多くの記録は焼畑や山火事が原因で失われていた。

五つの集落には戦国時代からそれぞれ地頭がいて、自給自足の暮らしを守ってきた。戦国時代後期、島津氏の進出、さらには豊臣秀吉の九州征伐によって、緒方氏、左座氏はこの地の支配権を失い、五箇荘はただの貧しい、

「山の民」

に戻った。

江戸時代、五箇荘は熊本藩の支配下に置かれることとなった。細川家では五箇荘の支配強化に努め、寛永十三年（一六三六）にはこの五箇荘の住人が熊本藩細川家に飢饉の救済を訴えていた。さらに寛文五年（一六六五）には五箇荘の民の

代表が藩主細川綱利への謁見を許されている。

貞享二年（一六八五）、地頭の地位を巡る内紛を細川家が仲裁できなかったとして、江戸幕府は、七月十九日に五箇荘を幕府の直轄領四石四斗余として天草代官の下に移すことにした。

御料所となった五箇荘は天草代官領から日田代官の兼帯支配地に、さらには西国筋郡代支配地、長崎代官支配、島原藩預所と目まぐるしく帰属が変わった。

かような秘境に役人が入ることなど滅多にない。江戸時代を通じて五箇荘は、

「忘れられた地」

であった。


空也はそんな歴史を持つ秘境樅木の郷を見下ろしていた。だが、五箇荘が平家の落人伝説に彩られた郷ということしか知らなかった。

谷を挟んだ山の斜面や森の中から煙が立ち昇っていた。

焼畑の煙なのか、空也は知る由もない。

郷を見下ろすと茅葺屋根の家が点在しているのが確かめられた。

空也は昨日のくれの言動をどう受け止めてよいか、未だ推測がつかなかった。

くれは、樅木の郷が山賊どもに占拠されていると言った。そして、池谷五郎丸らは、山賊どもから樅木を奪い返す用心棒だとも言った。

だが、池谷の配下である「山刀」は、

「騙された」

と空也に囁き、池谷は、くれが山刀で吊橋を切り落とそうとするのを見て、

「くれ、裏切ったな！」

と叫んでいた。

この二つの言葉は、くれが池谷五郎丸の仲間であることを意味しないか。

切り落とされた吊橋の対岸に独り残された空也は、山道らしき跡を辿るしかなかった。

冬の陽が沈む前に樅木の郷に辿り着くことができるか。いや、それより一夜を過ごす場所を探すことが先決だと思った。遠目には、切り立った岩場が雑木林に囲まれてあった。太古からある山々に、人の手が入るとは思えなかった。そんな未開の岩場の山に杣小屋や猟師小屋はあるのか。

吊橋から四半刻後、やっと岩場に行き当たった。

すでに冬の空は闇(やみ)に包まれようとしていた。

（進むべきか留まるべきか）

狗留孫峡谷での経験からいけば、寒さを凌ぐ風除けの場さえあれば留まるべきだ。だが、もはやそのような僥倖は考えられなかった。

空也の足元には川底へと続く何十間もの垂直な崖があり、下から冷たい風が吹き上げてきた。

この場に留まるということは、谷底から吹き上げてくる寒風に身を晒し、立ったまま一夜を過ごすことを意味した。当然凍え死ぬことも考えられた。

その岩場から巾一尺ほどの道がかろうじて見分けられ、横へと延びていた。

（よし、手探りで進む）

空也は手に持った木刀を背中の波平とともに斜めに背負い、両手と両足に神経を集中させながらゆっくりと岩場を進んだ。

蒼暗い月明かりがのろのろとした歩みの空也を浮かび上がらせた。

どれほど進んだか、不意に掌が窪みを摑んだ。

身を移すと、窪みは岩場に開いた横穴で、獣が時折り塒に使っているような臭いが残っていた。自然が生み出した窪みだろう。

空也は獣がいないことを祈りながら横穴に身を滑り込ませた。人ひとりが横になれる幅で、それなりの広さがあり、天井も高いようだった。

だれが敷いたか、枯れ草が積まれていた。

「ふうっ」

と息を吐いた空也は背の大和守波平と木刀を一緒に抜いて岩の壁に立てかけ、風が直に吹き込まない場所を見つけて座した。

食い物は稗餅と干し柿を一つずつ懐に持っていたが、水はない。

空也は稗餅を半分ほど食し、瞑目した。

だが、眠るわけにはいかなかった。眠れば凍え死ぬ。それは薩摩との国境の往来で学んだことだ。

眠らずに夜が明けるのを待つ、それしかない。

空也は江戸の身内や門弟仲間の一人ひとりの顔を思い出しながら、独り言を言い続けた。そして、江戸で知り得るかぎりの人々との記憶を思い出したあと、豊後関前の祖母やいとこたちに話しかけていた。

それも尽きたとき、穴の中に一段と厳しい寒さが忍び込んできた。

ふうっ、と眠気につい襲われた。

空也は頬をばしばしと叩き、眠気を吹き飛ばした。そんなことを繰り返しつつ、

いつの間にか、
　ことん
　と眠りに落ちた。

　どれほどの刻限眠ったか、

（高すっぽさん）

　と呼ぶ声を聞いた空也は、はっ、と目を覚ました。目を覚ましたところは暗黒の穴の中だ。

「どなたです」

　と思わず声を出したとき、空也の脳裏に娘の顔が浮かんだ。

「眉姫様でしたか」

（眠ってはなりませぬ）

「は、はい」

　覚醒した空也の体が寒さに強張(こわば)っていた。

　空也が手足を動かすと、筋肉がばりばりと音を立てたように思えた。

「いかぬ」

　空也は穴の中で立ち上がると、手探りで木刀を摑んだ。

まず木刀の先端で穴の広さを計った。幅はおよそ木刀二本分の、七尺（二・一メートル）あるかなしか。風が吹き込む穴の入口からは二間（約三・六メートル）余か。高さは、空也の頭から三尺（九十センチ）余か。

空也は真っ暗な穴の中の広さと形を認識するために岩の壁の上下左右を何度も探って確かめた。

「よし」

空也は、風が吹き込む入口に向かって、上段から木刀をゆっくりと振り下ろした。どこにも当たらず、木刀の先端が空を切った。

空也の頭に穴ぐらの形が把握された。

右蜻蛉に構えた。仮想のタテギの前にゆっくりと腰を落として対面すると、立ち上がりざまに、

「いえーっ」

と腹の底から絞り出す気合いとともに、木刀を振り下ろした。

野太刀流の続け打ちだ。

空也は暗闇を切り裂きながら、左蜻蛉、右蜻蛉と変えてはひたすら仮想のタテギを叩き続けた。

空也の頭には、

「朝に三千、夕べに八千」

と薩摩剣法に課せられた続け打ちしかなかった。

時が経つのを忘れられ、それが、生き延びる唯一の方法だった。

いつしか額から汗が流れていた。

すると穴の入口から微光が差し込んできた。さらに四半刻続け打ちを繰り返したのち、空也は木刀の動きを止めた。

息を鎮めると残りの稗餅を食した。なんとも美味だった。

(眉姫様、空也は生きておるぞ)

無言裡に眉月に感謝した空也は、渋谷重兼から頂戴した一剣を背に戻すと、木刀を手に一夜の宿りの横穴に一礼して、狭い入口を出た。山間から日輪が昇ってくるところだった。

空也は木刀を波平の脇に差し込み、日輪に向かって合掌した。

五箇荘の中でも特に秘境の地にある樅木の郷は森閑としていて、人がいるとも思えなかった。なにより山賊に占拠されている緊迫感がなかった。

くれも池谷五郎丸も虚言を弄していた。もはやそのことは空也も分かっていた。

昼下がりの郷へと空也は下っていった。

樅木の郷の入口で何者かに見られていると、空也の勘が教えていた。空腹ゆえ鋭敏になっていた。同時に飢餓は妄想を生みやすいことも空也は経験から承知していた。

空也は平常心を保ちつつ、郷に入った。

平家の落人伝説が伝わる郷の家々は、がっしりとした造りだった。

空也はいちばん大きな茅葺屋根の家の前で足を止めた。

複数の目がどこからともなく空也の行動を見ていた。

不意に空也の前方に痩せた犬が姿を見せて、空也に気付いてわんわんと吠えた。

「これ、吠えるでない。それがしはなにもせぬぞ」

空也は大声を出して言った。

家々から見つめる者に聞かせるためだ。

敵意がないと犬に教えるために空也は腰を落として座した。

「しまった、稗餅を残しておくのであった。そなた、干し柿は食せぬか」

空也は最後の食い物の干し柿を犬に差し出した。犬は警戒していたが、だんだんと空也のほうへ寄ってきた。だが、三間余り手前で立ち止まって空也の顔を窺った。

空也は干し柿を小さく千切って、その一つを差し出した。だが、犬はそれ以上近寄ろうとはしなかった。

犬の前に投げてみた。それでも動こうとしなかった。そこで空也は自ら干し柿の一片を食してみせた。

「甘いぞ」

ようやく警戒を解いた犬が干し柿を咥えて一軒の家の軒下に下がり、空也をちらりと見て食し始めた。

空也はもう一つ犬に投げ、残りの干し柿を自らの口に入れた。犬も二つ目の馳走にかぶりついていた。

「美味いな」

犬に話しかける空也の背で、戸が開く音がした。

空也が振り返ると、郷でいちばん大きな茅葺屋根の戸口から老人が姿を見せた。質素な身なりだが、顔立ちは整い、威厳があった。地頭とか大庄屋と呼ばれる人物か。そして、五箇荘の平家落人伝説が巷に広がったのも無理はないと、空也は思った。

「邪魔をしております」

　空也の言葉にしばし沈黙で答えた老爺が、

「どこからございたと」

　と尋ねた。

「ただいま人吉城下のタイ捨流丸目道場に世話になっている者です」

「相良の殿様の家来な」

「いえ、江戸に住まいしておりました」

「あんたさんが所ァ、江戸ち言いなるな」

　老爺は土地言葉で驚き、空也が頷くと尋ね返した。

「五箇荘は人吉藩領ですか」

　老爺が首を横に振った。

「熊本藩細川様のご領地ですか」

「違うたい。公儀の御料所たい」

「幕府の直轄地ということですか」

　空也はまさか九国の脊梁山脈に公儀の直轄領地があるとは考えもしなかった。

池谷五郎丸が空也の問いに答えずじまいの答えは、公儀の直轄領だったというわけだ。

「知らんとございたと」

老爺の問いに頷いた空也は、

「ああ、それがし、丸目道場では高すっぽと呼ばれております」

と言った。

「高すっぽな、間違いなか」

と老爺が空也を見上げて頷いた。

「いささか妙なことをお尋ねします」

「なんな」

「この郷に山賊どもが居座っているということはありませんか」

「山賊な、今はおらん」

と応じた老爺が、

「おいは地頭の左座(そうざ)儀右衛門(ぎえもん)たい。高すっぽどんには事情(いわく)がありそうたい。家に入らんね」

と空也を招いた。

空也は素直に従った。

地頭左座儀右衛門と名乗った老爺の家は、平家造りながらどっしりとした普請で、柱も梁も黒ずみ、長い風雪に耐えてきたことを窺わせた。

「地頭どの、お一人でお住まいですか」

「男衆は畑たい。夕暮れ前に戻ってくる」

と応じた儀右衛門が、土間に接した板の間の囲炉裏端に空也を招じ上げた。そして、何事か奥に命じた。どうやらこちらに来るなと命じたようだと空也は解釈した。

「高すっぽどん、おいに話したかことがあるとな」

「ございます」

空也はまず樅木の郷に通じる吊橋が落ちたことを告げた。

「な、なんち言いなるな。どげんして橋が落ちたとな」

空也は一昨夕、猟師小屋で四人連れの男女と出会ったところから事細かに経緯を告げた。長い話になったが、儀右衛門は驚きを抑えて熱心に聞いた。そして、時には空也に問い返した。

儀右衛門がいちばん関心を抱いたのは、くれのことだった。

「そん女の年格好はどうな、身なりはどうな」

空也は思い出すかぎりの、くれの外見や歳を答えた。

「仲間三人は、そん女に殺されたとな」

儀右衛門が念を押した。

空也は池谷五郎丸とその配下の「山刀」が言い残した言葉を語り、くれは池谷とは知り合いかもしれぬ、と言い添えた。

「くれ、な」

苦悩の表情を浮かべた儀右衛門の呟きを聞いた空也は、くれという女子を儀右衛門が承知なのではないかと思った。

しばし沈黙していた儀右衛門が空也の顔を見た。

「そん女に覚えがなかことはなか」

と言った。そして、

「高すっぽどん、丸目道場の世話になっとるのは武者修行な」

と話柄を変えた。

空也はこの二年余の差し障りないことだけを手短に語った。

儀右衛門は空也の薩摩拵えの大和守波平を見て、

「こん数月前たい、薩摩の国境におる外城衆徒が藩の命で姿ば消したげな。高すっぽどんに関わりがあるとな」

この秘境にまで情報が伝わっていることに驚きを隠せなかった。だが、そのことを喋れば、後々厄介が生じる気がした。

「いえ、関わりはございません」

しばし儀右衛門が間をおいて、

「うちに寝泊まりせんね。好きなだけ武者修行をしない」

と許しを与えた。

空也は有難く言葉を受け入れながら、

「今はおらん」

と山賊を否定したときの儀右衛門の言葉の意味を考えていた。

二

空也は男衆が畑から戻ってくるまで仮眠を取ることを許された。案内されたのは左座家の外蔵の一階で、そこには甲冑や槍や弓などが揃っていた。蔵は武器庫でもあり、また平家の末裔を示す「証」でもあり、「誇り」でもあったろう。

空也は、初めて訪れた人間を儀右衛門が蔵に招じ入れた意味を考えていた。まず空也が告げた言葉を儀右衛門が信じたからだろう。

蔵の一角にはすでに布団が敷かれていた。

空也は腹を空かせたまま、大和守波平と木刀をかたわらに置いて眠りに就いた。

どれほど眠ったか、蔵の扉が開かれる音に目覚めた。

蔵の外には夜の帳が冷気と一緒に下りていた。

儀右衛門に似た壮年の男が手燭を提げて蔵に入ってきた。

「お世話になっております」

「おいは武一郎じゃ、あんたさんは人吉からございたな」

儀右衛門よりはるかに言葉遣いが分かりやすかった。

「こん五箇荘は御料所じゃっと。代官様の高木作右衛門様と話すときくさ、こん辺りの山言葉じゃ分かるめいが」

と空也の考えを察したように説明した。

「いかにもさようです。それがし、タイ捨流の丸目種三郎道場に身を寄せております」

「親父どんに吊橋が落とされた経緯を聞いた。まことな」

空也は頷くと、儀右衛門に話したことを繰り返した。

「くれと名乗る女衆に覚えがあると儀右衛門どのは申されましたが、事実でしょうか」

「形(なり)や言葉からして、おいどんの知る女子ごたる。まず間違いなか」

複雑な事情がありそうで、空也は話柄を変えた。

「あの吊橋が使えなくなると、樅木から外の郷に出られませんか」

「いや、五箇荘にはいくつもの吊橋があれば山道もある。じゃっどん遠回りせんとならんたい。不便になったことだけはたしかじゃ。ひなめ、なんということを」

ひなとはだれなのか。

武一郎は、腹立たしげに吐き捨て、空也に質した。

「昨夜(ゆうべ)はどこで一夜を過ごされたと」

空也が、切り立った崖の横穴で一睡もせずに過ごしたことを告げると、

「江戸者と聞いたが山に慣れとるな」

「薩摩との国境を往来しましたゆえ、山の難儀も恵みも承知です」

空也の言葉に頷いた武一郎が、

「母屋でめしを食おうたい。山ん中たい、食い物は稗、芋の類しかなかと」

と空也を蔵から連れ出した。

母屋の囲炉裏端に儀右衛門が独り座っていた。そのかたわらにはどぶろくの壺らしきものと椀が置かれていた。

ほかの身内や女衆や下男たちは、台所の囲炉裏に集まっているような気配が感じられた。

「どぶろくを飲むな」

儀右衛門が空也に尋ねた。

「いえ、酒は飲みません」

「高すっぽどんは、いくつやったな」

「十八です」

と空也が答えたとき、武一郎の嫁女と思しき女衆が鍋を提げて姿を見せ、囲炉裏の自在鉤にかけた。そして、儀右衛門と武一郎と空也の前に木製の丼と箸を置いた。どぶろくを飲む器も木製だ。

儀右衛門がどぶろくを自ら注いで飲んだ。武一郎は飲まなかった。

左座一族の長に許された楽しみなのか。

女衆は武一郎と空也には鍋からだご汁を装い分けて黙って差し出した。

「一昨夜吊橋の向こうの猟師小屋で、くれさんがだご汁を馳走してくれました。美味でした」

三人の目が空也に向けられた。

「江戸の人間にこげんだご汁が美味かか」

武一郎が呟くように空也に言った。

「修行の身です。いつも腹を空かせておりますゆえ、なにを食してもおいしく頂けます」

三人が囲炉裏の灯りで空也を改めて見、

「江戸育ちの若い衆が、こげん貧しい食い物を食うとは思えん。代官の手代どもはたい、どぶろくも飲まん、食い物も口にせん。里から運ばせた焼酎と食い物を飲み食いしよる」

儀右衛門が腹立たしげに言った。

空也は生まれが紀伊領内高野山の内八葉外八葉、雑賀衆の郷であることを三人に説明し、

「江戸に戻ったのはそのあとのことです」

と言い添えた。

「ほう、子供ん頃は山育ちな。それで山をよう知っとうたい」

武一郎がどこか得心したように言い、丼を取り上げ、

「好きなだけ食いない」

と空也に勧めた。

無口な武一郎の嫁女いねが囲炉裏端から下がり、男三人だけになった。

空也は二日ぶりのだご汁をゆっくりと噛(か)みしめながら食した。猪肉(ししにく)と山の幸が具材のだご汁のだごは、稗でできていた。

「ひなとはどなたですか。それがしが知るくれさんとひなさんは同じ人物ですか」

儀右衛門はただ黙々とどぶろくを飲んでいた。

武一郎が覚悟したように口を開いた。

「くれなる女の本当の名はひな、おいの妹たい」

「ひなは、こん郷を捨てたときから、おいの娘でん、ぬしの妹でんなか」

儀右衛門が武一郎に向かってぼそりと吐き出した。

武一郎が無言で空也を見ていたが、

「妹はこん郷の暮らしが我慢できんじゃったと」

とぽつんと呟いた。

「くれさんはまことにこちらの身内でしょうか」

空也の問いに武一郎が頷くと、

「武一郎、ひなはうちのもんじゃなか」

と儀右衛門が倅(せがれ)に言い放った。

「親父どん、血は消すことはでけん」

左座氏の長に抗うように言った武一郎が、

「高すっぽどん、ひなが五箇荘に戻ってきた理由を話したな」

「縦木の郷が山賊どもに乗っ取られており、郷を奪い返す用心棒として三人の男を人吉で見つけたとか。猟師の亭主どのと一緒に縦木の郷に戻る道中であった、と言われました」

父と倅が期せずして、ふうっ、と溜息を吐いた。

「ひなは幼い頃から嘘話(うそ)が上手な娘じゃった。十六のとき、八代から来た薬売りと一緒にこの郷をあとにしたたい。そのあと、八代から聞こえてくる噂はろくなもんじゃなかったと。あれから八年、ひなはなにしに樅木に戻ろうとしたのか」

武一郎の言葉に、

「この時節を考えんね。決まっとろうもん」

と一族の長の儀右衛門が断言した。

武一郎は一杯目のだご汁を食い終えて、二杯目を装った。そして空也の丼を見た。まだ半分は残っていた。

空也はゆっくりと嚙んで食したが、武一郎は掻き込むように食べた。山の仕事の過酷さを感じさせる箸の動かし方だった。

「この時節、五箇荘に金が集まるとたい。この辺りじゃ、櫟（くぬぎ）や楢（なら）を使った木地で器を作るとが仕事たい。こん器も楢の木地たい」

だご汁が装われた器を武一郎が差し出して空也に見せた。

「くれと名乗った女衆と一緒にいた池谷五郎丸は、山賊の狙いは平家の落人たちが残した隠し金だとそれがしに説明してくれました」

親子は空也の言葉に沈黙し、しばらくして答えた。

「そげんもんはなか。見てみんね、こん暮らし。いつでんだご汁が食い物たい。隠し金があるならたい、細川の殿様も許しはせんやったろうもん」

武一郎がそのような隠し金はないと言った。そして、地頭の儀右衛門も一緒に頷いた。

「では、なぜくれさんは、いえ、ひなさんは、樅木に戻ろうとしているのです」

しばし親子に沈黙があった。

武一郎がだご汁を食う手を止めて、口を開いた。

「五箇荘の実入りは木地たい。その売り上げがこの時節に、久連子、椎原、仁田尾、葉木、そしてこん樅木に八代から届けられると。そん金子は五箇荘の木地番に届けられるんじゃが、その木地番は五つの郷の持ち回りで五年に一度巡ってくると。椎原が不意に山賊に襲われたのは一昨年のこん時節やった。椎原の木地番、地頭の緒方忠久（おがたただひさ）どん方が襲われて、三人の男衆が殺され、売り上げ金が奪われたと。そん山賊一味に女が交じっとったと」

「それが」

「ひなやろな。椎原の人が見ておった」

憮然（ぶぜん）とした口調で儀右衛門が言い切った。

「今年はうちが木地番たい。そして、高すっぽどんが最前寝ておった蔵に、五箇荘の一年の働きが隠してあると」

「娘御のひなさんが樅木の実家を襲うと言われますか」

「ああ、去年は久連子の警戒が厳しゅうて、山賊どもも来れんかった。今年は木地番のうちが狙われとる」

儀右衛門が言い切った。

空也は未だくれがひなと同一人物とは信じられなかった。

「高すっぽどんは、高野山の雑賀衆の郷生まれち言いなったな。そのあと、江戸に出たのはだいと一緒な」

儀右衛門が空也に質した。

「父と母です。妹もおりますが、妹は江戸生まれです」

空也は差し障りのない話をした。

「親父どんも剣術家じゃったと。武者修行のために江戸からいきなり西国に来たとな」

「父の故郷が豊後国の関前藩です。それがしが武者修行に発ったのはその関前からでした」

「豊後関前が高すっぽどんの親父どんの国許(くにもと)ね。幸せな一家たいね」

武一郎は空也の言葉に得心がいったか、どぶろくを飲む儀右衛門を見ながら応じた。

空也が反問した。

「ひなさんは、猟師鉄砲の扱いができる女衆でしたか」

女が鉄砲を扱えるのはまず珍しかった。

「ひなはこん樅木を出ていく前に、猟師の新六爺に弟子入りしたと。そんで新六爺さんがうっ死んだ夜、猟師鉄砲が失せたと。ひながどこぞに隠したのは間違いなか」

「それがしが猟師小屋で会うたくれさんは、亭主が猟師と言うておりました。さらに、同行していた池谷五郎丸らに殺されたとそれがしに言いました」

「それがひなたい、虚言たれたいね」

と武一郎が答え、

「おいたちゃ、昼間は山に入り、山賊どもが来るとを見張っちょっと」

と言った。

「山賊は何人ですか」

「椎原んときは十数人おったげな。高すっぽどんが出会うたいう三人は、新たに雇った加勢やろな」

「その仲間をひなさんは吊橋を落として殺しました。なぜでしょうか」

「そんことばっかりはひなに訊かんと分かるめえ」

「それがしを先に吊橋を渡らせたのはなぜでしょう」

父と倅は空也の新たな疑問に考え込んだ。

「高すっぽどんが山を承知とは考えもせんやったとやろ。冬の日暮れにあん谷に独り残されたら、だいでん里の人間ならくさ、寒さに凍えておっ死ぬたい。ひなはそう考えたと思わんね、親父どん」

「かもしれん。ひなはおいの娘じゃったが、えしれんいい女子たい」

儀右衛門が、考えもつかない娘だと言った。

「一昨年の椎原の郷の山賊襲来の件を代官に届けたのですか」

二人が同時に頷き、

「天草から代官の手代が一人来てたい、二日ばかり飲み食いして帰ったと。里の人間はだいも五箇荘のことなど案じておらんと」

と武一郎が答えた。

「こたびの山賊襲来も武一郎どの方で守るしかないと」

「そげんことたい」

空也は、漠としてではあるが置かれている状況を把握した。

「こたび樅木のこの屋敷を襲うのも十数人と考えてよいのですね」

空也の念押しに武一郎が頷いた。

「侍が何人交じっているか、分かりませんか」

「椎原では五、六人が剣術ごろやったと聞いとる」

武一郎が空也は頼りになるかという目付きで見た。

「武一郎どの、樅木の住人は何人です」

「四十七人たい」

「相手方の倍以上はいますね」

「爺様と女子供を省くとくさ、役に立ちそうな男衆はおいを入れて九人たいね」

「猟師鉄砲は何挺ありますか」

「こん村にはなか。新六爺の種子島はひなが持ち出しよった」

「相手方には少なくとも一挺の火縄銃がある」

空也の問いに武一郎がしぶしぶ頷いた。

どうしたものか、思いもかけない展開に空也は考え込んだ。

「高すっぽどん、あんたさんの名はなんな」

「坂崎空也です」

「空也どん、助けてくれんね」

武一郎が縋るような眼で空也を見た。

「縁か運命(さだめ)か、われらは同じ境遇に落ちたようです」

「手伝うち言いなるな」

と儀右衛門が訊いた。

「儀右衛門どの、それがしが山賊の仲間とは考えられなかったのですか」

空也は儀右衛門に尋ね返した。

「あんたさんは家々から見張っておるのに気付いちょったね」

「だれかは分かりませんが、見張られているのは承知しておりました」

「山賊どもが独りでふらりと郷に入ってくることはあるめえ。それに犬のサトを
あんたは食い物で手なずけた。山賊ならたい、そげんことはするめえ。家に入れ
て話を聞いて、おいは高すっぽどんの言うことを信じたと」

「有難うございます」

空也は儀右衛門に礼を述べた。

「坂崎空也どんと言いなったか。こんたびの戦(いくさ)にこん樅木が出せる金子はたかが

知れとる。木地師の三日分の銭しか出せん」

　木地師の日当がいくらか空也には想像もつかなかった。

「儀右衛門どの、武者修行の身に金子は要りません」

「なに、ただ働きするち言いなるな」

　儀右衛門の問いに空也は頷いた。

「くれなる女衆とひなさんとが同じ人物とはどうしても信じられないのです。それがしは、そのことを知るためにも皆さんと一緒に戦いたい。もしくれさんがひなさんならば、池谷五郎丸ら三人をなぜ無慈悲にも殺したのか、それがしをどうしたかったのか、問うてみたいのです」

　空也の言葉に儀右衛門も武一郎も複雑な表情を見せた。

「おいも親父どんもそん気持ちは分かると。まあ、あんたさんにくれと名乗った女子はひなに間違いなか」

　と言い切り、さらに、

「一つ尋ねてよかな」

　と空也に訊いた。

「あんたさんは十八と言いなったな」

「はい」

「剣術の腕はどげんな」

「いずれその時が来れば」

「分かるち言いなるな」

　空也が頷き、

「武一郎どの、そなた方は山賊襲来の折り、どのように戦おうと思うておられるのですか」

　と問い返した。

「山賊と戦える男衆はたい、おいを入れて九人。考えはてんでんばらばらたい。木地の代金の半分を渡して山賊に去ってもらえと言う者もおる。樅木が生き残る途(みち)は戦うしかなかと考える者は、おいどんらわずか三人だけたい」

　空也は戦うほかに樅木の郷を守る方法はないと思った。だが、敵方にはひなというこの樅木生まれの女が加わっている可能性が高かった。

「山賊どもはいつ樅木を襲うと思われますか」

「相手方も八代から銭が入ったことは承知たい。ひなの案内で吊橋側から加勢の三人が来ようとしたところをみると、明日明後日でもおかしゅなかろ」

と武一郎が答えた。

地の利だけはこちらにあるとも言えなかった。この樅木を熟知したひなが向こうにいるからだ。

(有利な点はないか)

空也の気持ちを読んだように、武一郎が囲炉裏端から立ち上がり、仏間から一枚の絵図面を持ち出した。

空也のかたわらに広げられた絵図面は、武一郎が手描きしたと思える樅木の郷だった。

家は郷の中ほどに七軒、残りの五軒は周辺の谷間や山間に点在していた。

「これら、五軒の住人は今も家に住んでおられますか」

「ああ。そいじゃいけんね」

「一軒でも人質に取られたら、もはや戦わずして負けです」

「どげんすればよかな」

そのことに気付かなかった武一郎が狼狽(ろうばい)した。

「武一郎どの、これから一軒一軒を密(ひそ)かに廻り、住んでいる人々をこちらの七軒に移すのです」

「こいからな」

「先手を取られぬよう急いだほうがいい」

武一郎は黙考していたが、よか、と腰を上げた。空也も立ち上がった。

「あんたさんも一緒に行ってくれるとな」

「はい」

と答えた空也が武一郎に山着を貸してくれるよう願った。

こちら側に有利な点があるとしたら、空也が生きて樅木の郷にいることだ。そのためには空也がいることを知られてはならないと思ったのだ。

三

五箇荘の樅木の郷に通じる道の入口に逆茂木が立てられた。それぞれの防衛線の内側には男衆が配置され、荒縄で襷がけにし、足元は草鞋で固め、長柄の草刈り鎌や竹槍を携えて待機していた。

防衛隊の総大将は地頭左座儀右衛門だが、実戦部隊を指揮するのは倅の左座武一郎だ。そして、補佐方は高すっぽの空也である。

昨夜、武一郎と空也の二人は郷に住む数少ない壮年の男衆に声をかけ、樅木の郷の住人四十七人を地頭の家に集めた。

高すっぽとして空也が紹介され、空也は改めて猟師小屋での四人の男女の出会いから、吊橋の破壊によって山賊の助勢と思える三人が谷底に落下して死んだ経緯を語った。

「地頭どん、そん女はだいな」

「だいが吊橋を切り落としたと」

樅木の郷の中心部から離れた五軒の家の住人から問いが出た。

当然の疑問だった。

地頭の左座儀右衛門が苦悩に満ちた表情で、

「五年に一度、この郷に木地で稼いだ金が届けられるのを承知の者じゃろ」

と答えた。

しばし沈黙のあと、

「二年前、椎原の郷が襲われたとき、女子がおったたな」

と一人が質した。

儀右衛門が頷いた。

「地頭の娘じゃったひなが仲間ば殺し、こん高すっぽどんを凍え死にさせようとしたと地頭どんは言いなるとな」

儀右衛門が腹立たしい顔で頷き、

「あん娘はもうおいの娘じゃなか。山賊の一味たい」

と言い切った年寄りの顔は苦悩に満ちていた。

「ひなが手引きするならたい、樅木のことはとくと承知たい」

「そいで皆にはうちに集まってもろうたと」

武一郎が答え、空也を見た。

空也は御料所五箇荘の一年分の稼ぎを守るのは自分たちしかいないことを、樅木の住人に切々と説(と)いた。

「おいは杣人たい。杣人や百姓が山賊を追っ払うことがでくっとな」

「五箇荘は御料所たい。肥後熊本の細川の殿様も人吉の相良の殿様も助けは出されん。天草におる代官様は知らんふりたい。そんことをひなはよう知っとうと」

「武一郎どん、相手は侍やら渡世人くずれたい。太刀打ちでけんと」

「いや、相手は流れ者の集まり。われらが結集すれば追い払うことができます」

口籠(くちご)もる武一郎に代わり、空也が答えた。

また場が重苦しい沈黙に落ちた。

空也はふと、五箇荘の一年の実入りの木地代とはいくらであろうか、と思った。だが、そのようなことに思いをいたすのは武士の面目（めんぼく）を損なうことだと考え直した。なにより五箇荘の五郷にとって大切な金子なのだ。

「武一郎どん、そこにおる高すっぽどんが、山賊の仲間ということはなかかな」

杣人と名乗った男が武一郎に訊いた。

「こん若衆は人吉のタイ捨流丸目道場の門弟たい。山賊の仲間じゃなか。おいはこん人の話ば聞いて信用した。武者修行にくさ、山に入っただけたい」

「うちも信用してんよか」

武一郎の嫁女のいねが言った。

「高すっぽどんがおいどんらの仲間と、まっこと考えてよかな」

年寄りの一人が地頭に念押しするように尋ねた。

「よか。信用しない」

儀右衛門の返答ははっきりとしていた。

「未だ若かごたる。歳はいくつつな」

「十八です」

空也が答えた。

「じゅ、十八な。あんたさん、山賊ば承知な」

「猟師小屋で会うた三人が山賊の助勢ならば、承知です」

「そん者たちより強かな」

空也は猟師小屋での小競り合いを初めて明かした。すると儀右衛門が、

「ひなはくさ、三人の代わりに高すっぽどんを仲間に引き入れようと考えを巡らしておったと違うな」

と言った。

「地頭どん、こん高すっぽどんが三人相手に打ち勝ったなんて、おいは信じられん。話だけじゃなかかな」

老婆の一人が言い出した。

今や全員が空也を見ていた。

武一郎が空也に、

「高すっぽどん、親父どんとおいはあんたば信じたと」

「樅木の衆はそれがしが信用できぬと言われますか」

「五箇荘は孤絶した山ん中たい、だいも話だけではおいそれと信用せん。おいも

一つ解せんことがあると」

武一郎が空也に言った。

「どのようなことでしょう」

「高すっぽどんは他国の生まれたいね。ばってん、刀は薩摩拵えじゃなかな」

武一郎は八代に行ったことがあるようで、薩摩の家臣の剣も承知していた。

「薩摩のさるお方から頂戴したものです。そのお方は渋谷重兼様とおっしゃり、薩摩領の麓館の主です」

「高すっぽどん、あんたさんは薩摩ば承知な」

その問いには答えず、空也は囲炉裏端から立ち上がると、大和守波平を腰に差して土間に下りた。

土間の隅に古筵(ふるむしろ)が何枚も畳んであった。

「武一郎どの、この筵を一枚頂戴してようございますか」

武一郎が頷き、なにをする気だという顔をした。

空也は筵をくるくる巻くと、土間の中央に立った。

板の間の四十七人が向きを変え、その眼が空也に集中していた。

両手に捧げるように持った筵の筒を、

ふわり
と天井に向かって投げ上げた。

同時に空也の姿勢が前屈(まえかが)みに沈み、腰の波平が鞘ごと上刃からくるりと下刃に回されると、次の瞬間、柄の長い薩摩拵えの一剣が抜き上げられた。だれの目にも光が走ったとしか映らなかった。

光に変幻した刃が、落ちてきた筵を両断した。

住人たちが抜きの速さに驚いていると、空也の手にした波平が虚空に一筆書きの筆先のように躍った。躍り続けた。

そのたびに筵は小さく切り刻まれていき、ついにはぱらぱらと雪が降るように土間に舞い落ちてきた。

見ている住人には一瞬のようでもあり、長い刻(とき)の流れのようにも感じられた。

空也が静かに波平を鞘に納めたとき、

「ふうっ」

という吐息が重なった。

地頭左座儀右衛門の声が響いた。

「まだおいの言葉を信じられんな」

全員が首を横に振った。

「こん高すっぽどんは仲間たい」

「地頭どん、合点しましたと」

年寄りの一人が言った。

「合点しただけじゃ、事は済まんたい。山賊どもをどう追っ払うか。こん樅木の郷を潰さんためにゃ、皆が団結せにゃならんたい」

「分かった。地頭どんの言うことば聞く」

年寄りが応じて、その場の全員が頷いた。

「よか、あん馬鹿女（めろ）ば案内方に山賊が姿を見せるのは、こん二日のうちやろ。三日後には葉木、仁田尾、椎原、久連子の衆方が、自分の木地代ば取りに見えようもん」

空也は儀右衛門と武一郎親子のかたわらに戻った。

その場に武一郎が樅木の絵図面を広げた。連れてこられた五軒の住人の仮の宿がそれぞれ決められた。

その上で樅木の郷を守るための防衛策が男衆で話し合われた。

空也たちが仮眠を取ったのは深夜過ぎのことだ。

一刻半（三時間）ほど眠ったあと、年寄りを含めた男衆二十三人が逆茂木造りに精を出すことになった。

空也の考えで、山賊が攻め込んでくるほうの道外れには斥候（せっこう）を出すことになった。

二日間、樅木の住民すべてが山賊襲来に備えて働き、なんとか防衛線が定まった。ともあれ、空也が樅木を訪れた折りに通った道はひなによって吊橋が破壊されたゆえに、そちらから襲い来る可能性は少ないと思えた。

そのために、五箇荘の西に位置する八代方面からの入口に主力を置くことにした。

総大将の左座儀右衛門は、平家落人の末裔を想像させる鎧（よろい）、兜（かぶと）を身に着け、腰に脇差（わきざし）を帯びていた。本陣に見立てた自分の家を覆うように幔幕（まんまく）を垂らし、その前に床几（しょうぎ）を置いて座していた。

戦国時代の武士（もののふ）を彷彿（ほうふつ）させるなかなかの貫禄（かんろく）だと、空也は思った。

二日目の昼下がり、空が暗くなり、ちらちらと雪が舞い始めた。

そこで武一郎が郷の入口の二箇所と本陣に篝火（かがりび）を焚（た）かせて、暖と灯り代わりにした。

空也と武一郎は、八代側の逆茂木の内側の篝火のそばにいた。

空也は大和守波平を斜めに背負い、左座家から借り受けた蓑に破れ笠、手甲脚絆に草鞋履きで身を固めていた。一方の武一郎は、陣笠を被り、先祖伝来の刀を腰に差して槍を携えていた。

「高すっぽどん、来ぬな」

「来ぬならば、それでよいではありませんか」

空也の返答に武一郎がしばし沈思した。

「いや、おいの妹ながら、ひなは虚言たれのうえに性根が腐っちょると。それに蝮んごとしつこいたい。そう諦めるとも思えんたい」

と言い返した。

「武一郎どの、五箇荘は平家落人の郷。ということは地頭の血筋左座家も平家の末裔と考えてよいのでしょうか」

「さあて、どげんやろな、そげん言い伝えはなかこともなか。ともかく何百年も前の話たいね」

「初めて五箇荘の話を聞いたとき、さような地があろうはずもない、と思うておりました。ですが、この地に参り、言い伝えが虚言とばかりは言えぬと考え直しました」

　空也の言葉を武一郎は黙って聞いていたが、

「高すっぽどん、ひなが狙うているのは木地代だけじゃなか」

　と言い出した。

「と言いますと」

「ひなは虚言癖があると言いましたな、子供ん頃からたい、あれこれと妄想逞しい女子でございましたと」

　空也は武一郎がなにを言い出したか、推測がつかなかった。

「五箇荘の葉木、仁田尾、椎原、久連子、そして、こん樅木の地頭の家に古々しい長持が五年置きに回ってきますと。ただ今うちの蔵の二階に鎮座しておりますたい」

「長持ですか。中身はなんですか」

「地頭の跡継ぎのおいも知いもはんと。五つの郷の地頭だけが承知の中身たい。ひなはくさ、幼い折りに長持の中を見とうて見とうて、開けようとして親父どんに見つかり、えらい折檻ば受けたと」

そのようなことがあったのか、とくれとして知る女の顔を空也は思い浮かべた。

「念を押しますが、武一郎どのも承知ではないのですね」

「知いもはん」

「平家の隠し金ではございませんか」

武一郎が空也を見た。

「高すっぽどん、なんべんも言うたい。周りを見てくれんね。八代を初めて知った時のおいは腰を抜かすほど魂消たと。八代には食い物もほかのもんもあれこれあふれとる。まして高すっぽどんの育った江戸は八代どころじゃなかろ。一方、椎木には、粟、稗の類しかなか。木地の実入りがどれだけ大事か、高すっぽどん、分かるね」

武一郎の言葉に空也は頷いた。

「平家の隠し金があるならくさ、こげん貧乏ば何百年と重ねんでんよかろうが。そう思わんね」

空也は首肯した。

雪は深々と降り続き、武一郎の陣笠に積もり始めていた。

「ひなは、だいに唆されたか、未だ長持の中身が平家の隠し金と思うておろうたい。そげんもん、どこにもありゃせん」

　武一郎が言い切った。

　そんな二人をよそに、郷外れの防衛線を守る男衆六人は篝火にあたって手の悴みを防いでいた。

「江戸は、いや、親父どんはどげん人な」

　武一郎が空也の出自に関心を持ったのか訊いてきた。

　空也は差し障りのないところで両親のことを告げた。

「なんち言いなると。親父どんは公方様の道場持ちな」

　武一郎は改めて空也の顔を見た。

「物心ついたときからそれがしは木刀で打ち合う音を聞いて大きゅうなったのです。ですが、生まれは江戸とは違います。父が老中田沼意次様の威光に逆らったゆえに江戸を追い立てられ、身の危険を感ずる流浪の旅をさせられました。その折り、弘法大師様の高野山中、雑賀衆の郷でそれがしが生まれたのです。そのせいかそれがしはかような山深い地に来ると、どこかほっとするのです」

「得心がいったたい。空也どんは弘法大師様の生まれ変わりたい」

「畏れ多いことです」

と空也が笑ったとき、逆茂木の向こうに人の気配がした。

篝火の連中も気付いて、竹槍を構えた。

「おいたい、見張りの寅次たい」

斥候に出した杣人が雪塗れで戻って来たのだ。

刻限は六つ（午後六時）に近く、もはや樅木は篝火の灯り以外白い闇に包まれていた。

逆茂木が開かれて、寅次が武一郎と空也のそばによろめきながら歩み寄ってきた。

「どげんした」

「来たと。山賊どもが姿を見せたと、武一郎どん」

「何人な」

「十四、五人やろ」

「ひなは、いや、女子はおるな」

寅次がこくりと頷いた。

「すぐにも攻めてくる気配な」

寅次は首を横に振った。

しばし沈思した武一郎が、

「本陣の親父どんに知らせない」

と命じた。

行きかけた寅次が、

「武一郎どん、あやつら、馬に乗っとうたい」

「なんな、騎馬な。まさか、全員が馬じゃなかろ」

「頭分ら三人が馬に乗っとると。ひなさんも馬に乗っとるたい」

「ひなじゃなか、ただの山賊の女子たい」

武一郎は改めて寅次に報告に行かせた。

篝火のかたわらで武一郎と空也が顔を見合わせた。

「馬をこん五箇荘に上げたんな」

武一郎の驚きは大きかった。

「策を変えねばなりません」

「空也どん、なんぞ知恵はなかかな」

空也は沈思した。

樅木の郷外れにいる山賊どもにとって、この雪と寒さは篝火のある郷より厳しいはずだ。

山賊どもが郷を襲い来るとしたら今夜しかない。

ふだんから馬を見慣れぬ五箇荘の人間にとって、馬がどれほどの威力を秘めているか想像がつくまいと空也は思った。

（まず馬にどう対処すべきか）

「武一郎どの、交替で夕餉を摂ってもらいましょう。寒さを凌ぐにはこれしかない。敵方は、この樅木の郷まで雪の中を行軍してきたのです。相手はこちら以上に疲れています」

武一郎が逆茂木を守る男衆を二組に分け、そのうち一組を本陣に行かせた。

「荒縄はございますか」

「縄は山ん中でもいるもんたい」

なにに使うな、と武一郎が訊いた。

「馬に乗った三人を倒せば、あとは烏合の衆でしょう」

空也と武一郎の話し合いは四半刻ほど続いた。そして、武一郎がその考えを本陣の地頭左座儀右衛門に伝えに行った。

夜になり、雪は激しさを増し、五箇荘の樅木の郷は深々とした寒さに包まれた。

四

夜半過ぎ、五箇荘の樅木の郷では四十七人の住人が緊張の中、寝ずにそのときを迎えようとしていた。

だが、武術家くずれの頭領、自称 源 篤 高率いる山賊一党は、樅木の郷近くに姿を見せる様子はなかった。どうやら樅木の郷外れに建つ一軒の家に入り込んで暖を取り、どぶろくでも飲んでいるのか。

その家の住人はすでに地頭左座儀右衛門の家などに避難していた。

雪は相変わらず霏々として降り続いていた。

八代側の郷の入口の逆茂木の内側では、山賊襲来の警戒にあたる郷人たちが睡魔に襲われていた。篝火で暖を取っていたせいだ。

武一郎は、

「山賊どもはこちらの緊張が緩むのを待っとるたい。しっかりと目を開けておらんといかんばい。五箇荘の一年分の暮らしの銭を守れるかどうかの瀬戸際たい」

と郷人を鼓舞した。

武一郎も空也も頭に陣笠、破れ笠を被り、手拭いで頬被りをして蓑を着ていた。そのため空也は郷人の一人にしか見えなかったろう。背に負っていた大和守波平は蓑の下の腰に戻していた。得物は使い慣れた木刀だけだ。

遠くから雪を蹴散らす脚音と馬の嘶きが聞こえてきた。

「来たぞ、目を覚ませ。持ち場につけ！」

武一郎が篝火から離れるよう郷人らに命じた。

男たちは逆茂木の扉の内側に待機した。

馬の嘶きは近付いたが、いったん遠のいた気配があった。

篝火の灯りで郷人らが武装して待ち構えているのを見て、作戦を変えたのか。

その直後、また馬の嘶きがして遠のいた。

四半刻の間、そんなことが幾たびも繰り返された。

次第に、樅木を守る郷人の男たちの緊張が失せていった。

「山賊どもはおどんらが待ち構えておると知ってくさ、怯えとる。女々しか悪たれどもたい」

逆茂木の内側についた郷人の一人が呟いた。

「攻めきらんね」

「ああ、そぎゃんごたる」

　と言い交わす言葉がまだ消えぬうちに、これまでよりも高い嘶きがして、突如姿を見せた三頭の馬が松明を掲げ逆茂木めがけて突進してきた。そのうちの一頭に跨る山賊の一人が、鉤の手の付いた縄を逆茂木に投げて引っ掛け、馬首を巡らせて引き開けようとした。

「よし、逆茂木を開けさせない」

　武一郎が予ての手筈どおりに、反対に逆茂木を開かせた。そして、慌てて閉じる真似をした。

　いったん遠ざかった馬三頭に乗る山賊どもが態勢を整え、再び馬首を樅木の郷に向け直し、あたふたと逆茂木を閉じようとする郷人を見て、こんどは全速力で突進してきた。

　三頭の馬に左座ひなが乗っている様子はなかった。

「いいな、馬三頭だけを郷の中に入れない」

　武一郎が命じた。

　馬の背後から徒の手下たちが従っていたが、雪道に足を取られて馬三頭との間が空いた。

空也は、逆茂木の内側から半丁ほど下がった雪道の路傍に立って半身に構え、木刀は蓑の背に隠し持っていた。

先頭の馬には赤柄の槍を小脇に掻い込んだ武芸者が乗っていた。形からいって山賊どもの頭領か、腹心の者であろう。

「われは肥後の山頭領源篤高なり！　抗うならば槍の穂先で串刺しにしてくれん。大人しく金を出せば許してつかわす」

大音声が樅木の郷に響き渡った。

二頭目の乗り手は刀を抜いて構え、三頭目の者は松明を掲げていた。樅木の家に投げて燃やすつもりか。

三頭の馬が迫ると、防衛隊の男衆が逃げ惑う様子を見せた。だが、彼らは外に向かって開かれた逆茂木に結ばれた荒縄を手にしていた。すべて話し合いのとおりの行動だった。

開かれた逆茂木を抜けて、馬が一気に郷の中に突入してきた。

「よか、逆茂木を閉めない」

武一郎の命に、郷人たちが縄を引っ張り逆茂木の扉を閉じた。そして、逆茂木に閂をかけて閉ざし、長柄の鎌や竹槍を構えて徒の山賊どもの襲来に備えた。

空也は、突進してくる三頭の馬を見ながら、間合いを測っていた。

先陣を切る山賊の頭領源篤高が、本陣の前に、伝来の鎧兜を着込んで床几に座す地頭左座儀右衛門の姿に目を留めていた。その両脇には年寄りや女たちが長柄の鎌や鍬（くわ）を手にして控えていた。

その手前の雪道に独り佇（たたず）む空也は、雪を蹴立てて先頭の馬が通過する、その瞬間を待っていた。

源篤高の赤柄の槍が手繰（たぐ）られ、雪に塗れた蓑と破れ笠の空也に向かって穂先が突き出された。

なかなかの業前（わざまえ）だ。

間合いを測った空也が半身に構え、手にしていた木刀を突き出された槍の穂先に合わせて撥（は）ね飛ばした。

そのために鞍上（あんじょう）の源篤高が均衡を崩した。必死に立て直そうとする源篤高の肩口に、空也の飛び上がりざまの木刀が叩きつけられて、

「ああっ――」

と悲鳴を上げて落馬した。その片足が手綱に引っかかり、源篤高は槍を手放すと雪道をずるずると引きずられていった。

空也は飛び上がった勢いのまま空中で構えを保ちながら、刀を振り翳す二騎目の山賊に向かって胴を強打していた。こちらも、

どさり

と雪道に落ち、三騎目の仲間の馬に蹴り飛ばされて気を失った。

一瞬の早業で二人を倒した空也を見て、本陣に控える年寄りや女たちが長柄の草刈り鎌や鍬を構えて馬の前方を塞いだ。

驚いた馬が急に脚を止めたため、松明を掲げた三人目も体勢を崩し、馬上から雪道に転げ落ちた。落馬した三人目を年寄りや女たちが鎌や鍬で斬り付け、殴った。

「儀右衛門どの、殺す要はございますまい。それより馬を鎮めてくれませぬか」

と空也が願った。

儀右衛門の命で馬の手綱が取られ、意識を失いかけた三人目の山賊を高手小手（たかてこて）に縛り上げた。

吊橋側の逆茂木の防衛隊から歓声が上がった。

どうやら源篤高の乗っていた馬を鎮め、足を手綱にひっかけて引きずられた源篤高を捕まえたらしいと空也は推測した。

最初の攻撃で山賊側は、頭領と腹心を失った。

縛められた三人が八代側に設けられた逆茂木の出入口へと引きずられていき、逆茂木の外へ投げ出された。

逆茂木から三十間ほど離れた雪道に山賊の配下が七、八人いたが、縄で縛られた頭領らの姿を見て、茫然としていた。

武一郎が叫んだ。

「ひなはおらんか」

兄の声に妹からの応答はなかった。

「よかか、命だけは助けちゃる。二度とこげん真似ばするならたい、次は命ばもらう。こん三人を引き連れて樅木から出ていきない」

武一郎の言葉に空也が二人の縄を手に雪道を引きずり、武一郎が源篤高の縛めを持って山賊の残党のもとへと連れていった。

山賊どもは黙って見ていた。

「どなたか、頭の仇を討つ覚悟の者はおられませぬか。相手をいたします」

破れ笠に蓑を着込んだ空也の言葉にだれも答えない。

「そなたらの仲間にくれという名の女子が加わっていたはず。どこにおりますか」

　空也はさらに訊いた。

　だれもがその行方を知らぬようで、首を横に振った。

　本陣の床几に座していた総大将の左座儀右衛門は不意に気付いた。

　床几から立ち上がった儀右衛門は、

「まだ戦いは終わっとらん、この場で警戒に当たれ」

　年寄りや女衆に命ずると、己は家の裏手の外蔵に向かった。

　外蔵に小さな灯りが灯っているのが見えた。

「おどりゃ」

　と罵り声を上げた儀右衛門は、開け放たれた外蔵の敷居を動きのままならない甲冑姿のまま跨いで蔵の中に入った。

　蔵の二階から灯りがこぼれてきた。

　儀右衛門は梯子段(はしごだん)を攀(よ)じ登っていった。するとそこに空也が、

「くれ」

　と呼ぶ女、ひなが火縄銃を構え、父親を迎えた。

背後には五箇荘の五つの郷が持ち回りで何百年と保存してきた長持があった。

だが、まだ長持の錠前は外されていなかった。

「おどりゃ、なんばする気か」

「親父どん、平家の隠し金をくれない」

と言ったひなの足元には木地の代金が入った銭函があった。

「こまんか頃は、お利口じゃったが、八代に出て悪たれ女になり下がったか。もはやおいの娘じゃなか」

ふーん、とひながせせら笑った。

「こん錠前ば開けんね」

「虚言たれんぬしに入り用なもんはなか」

「愛想んこそん尽き果てた」

とひなが言い返し、火縄がじりじりと燃える猟師鉄砲を実の父親に向かって突き出した。

「おどりゃ、情けなか女子たいね。親ば殺す気な」

「おどんの親じゃなかろうもん」

と答えたひなの顔は、儀右衛門が幼い頃知る顔ではなかった。欲望に駆られた悪鬼羅刹(あっきらせつ)の形相に変わっていた。なぜひなが五箇荘を出ていったか、儀右衛門はその理由に気付いていていた。ひなが生まれた直後、母親はこの樅木を訪れた余所者(よそもの)の男と郷から出ていった。山深いこの地の暮らしに嫌気がさしたのだ。儀右衛門は、物心ついたひなに、

「ひな、おまえの母(かか)さんはうっ死んだ」

と言い聞かせてきた。だが、いつしか村人の口から、母親が男と逃げたことをひなは教えられた。そのことを儀右衛門は長いこと知らなかった。

儀右衛門がその言葉を吐くたびにひなは、せせら笑うようになっていた。そして、母親と同じように五箇荘をあとにしたばかりか、己の生まれ故郷の樅木を裏切ることまで行おうとしていた。

「わりゃ、許されんと」

儀右衛門は、甲冑の腰から脇差を抜くと実の娘に歩み寄りながら、

「どげんしてこげん悪たれになったか知らんわけじゃなか。親のおいが成敗(せいばい)してくれる」

「撃っ殺す」

「殺すなら殺しない」

ひなが引き金を引いたのと、儀右衛門が脇差の切っ先でひなの胸を突き通したのが同時だった。

空也と武一郎は、山賊どもが雪道から消えたのを見届けていた。そのとき、銃声を聞いた。

「ああーっ」

武一郎が悲鳴を上げた。

空也と武一郎は本陣へと走り戻った。

本陣の前では年寄りや女たちが右往左往していた。

「どげんしたな、親父どんは」

「知らん、鉄砲の音は蔵ん中ごたる」

一人の老人の言葉を聞いて二人は蔵の中に走った。

二階の長持の前で、儀右衛門とその娘のひなが折り重なるように倒れていた。

空也がかがんで二人の脈を診(み)たが、すでに事切れていた。空也は武一郎を振り向き、首を振った。

「親父どんもひなもうっ死(ち)んだ」

ぼそりと武一郎が呟いた。

空也が蔵の外に出ると、冬の空が白みかけていた。そして、夜じゅう降り続いていた雪はやんでいた。


空也は、山賊との戦いのあと、五箇荘の樅木の郷に三日間逗留した。

悲劇の朝、左座儀右衛門とひなの弔い(とむらい)の仕度が始まった。

その最中に葉木、仁田尾、椎原、久連子の地頭と警護の衆が次々に到着した。

一年に一度、木地の代金を分配し、受け取るためだ。

四箇郷の衆は、樅木を山賊の集団が襲ったことを、そして、山賊どもは撃退したものの、この郷の地頭左座儀右衛門とひなが亡くなったことを知らされ、驚きを隠せずにいた。

その場で四箇郷の地頭四人が、嫡子武一郎の地頭就任の決定をしたうえで、まず弔いを催すことになった。

そんな行事が二日ほど続き、四箇郷の一行は木地代を懐にそれぞれの郷へと戻っていった。

空也は、左座武一郎の手助けをしながら弔いの日々を過ごした。

ようやく樅木の郷に日常が戻ってきた。

空也は、もはや五箇荘で武者修行を続ける気を失っていた。どこか別の場所で気持ちを切り替えて修行を再開するか、人吉のタイ捨流丸目道場に戻って稽古を続けるか迷っていた。そこでその話を武一郎にすると、

「高すっぽどんも行きなるな。こん樅木、寂しゅうなるたい」

と答えると、

「親父どんも妹もうっ死んだ。その上、落ちた吊橋の修理ばせにゃなるめえ」

と嘆いた。

「物入りですね」

五箇荘が貧しくも豊かな秘境であることを空也は承知していた。

貧しいとは、城下のような町や都と異なり、稼ぎが少なく新しい食料や衣類も入ってこないことだった。そんな暮らしを嫌ったひなは八代に出て、町の暮らしに毒されたのだ。

一方豊かさとは、山の恵みで自活ができ、五箇郷が互いに助け合いながら穏やかに生きていけることだ。春には春の恵みがあり、秋には秋の収穫があった。

だが、あの峡谷に吊橋を架け直すのは並大抵のことではないと、空也は思った。

空也の言葉に頷きかけた武一郎が、

「空也どんの助けで山賊を退治できたうえに、馬が三頭もこん樅木に残ったたい。あん馬は若駒たいね。あん馬どんの助けで樅木を立て直すのが、おいの務めたい」

と言い切った。そして、

「空也どんになんの礼もできんかったな。平家の隠し金があれば、礼もできたけどな」

と言い訳した。

「礼など要りませぬ。五箇荘の暮らしを知ったことがなによりです」

と答えた空也が、

「長持の秘密を、新たな地頭になった武一郎どのは知ったのですね」

と尋ねてみた。

弔いのあと、四箇郷の地頭が武一郎を蔵に呼び、新たな地頭が決まったことを受けて、長持の中を見せたのだ。

五箇荘の地頭に就くための儀式のようなものだと空也は理解した。

「知り申した」

と答えた武一郎が、

「あん長持の中はくさ、古か証文ごたるもんやら、祭文ごたる書き付けが入っとるだけたい。なんが平家の隠し金な」

と自嘲するように笑った。

その夜、樅木の衆すべてが地頭の家に集まって、空也の歓送の宴を開いてくれた。

どぶろくを飲み、樅木神楽の「鬼山御前」が演じられて、宴はいつまでも続いた。

そんな宴を見ながら空也は、

(ひなはなにを考えて吊橋を落とし、手勢に加わろうとした三人を殺したのか。そして、それがしをどうしようとしたのか)

と考えたが、まったく答えを見出せなかった。

そして、武者修行とは、体を苛め、力をつけ、技量を磨くことだけではなく、人に接し人の心を知ることや、自然の恵みや厳しさを体験することも大事な要素なのだと考えた。

翌未明、武一郎に椎原村へ向かう川辺川の河原まで見送られて、空也は人吉へ戻ることにした。河原に下りたとき、

「空也どん、知り合うてよかった」

と武一郎が別れの挨拶をした。

「それがしもです」

「よかな、時に五箇荘樅木のことを思い出してくだはんし」

と願った。

大きく頷いた空也に、

「この峡谷沿いに下ればくさ、五木村に出るたい。そんあと、四浦村からくさ、免田に出ると、高すっぽどんが立ち寄りたか、宮原村に辿り着くと」

武一郎と空也は峡谷で別れた。

空也は独りになったとき、この川辺川の支流に吊橋が架かっていたことを思い起こして、流れに向かって長いこと合掌した。そして、川辺川沿いに五木村へと続く道を下り始めた。

第四章　五木の子守歌

一

小梅村の尚武館道場の船着場に一艘の猪牙舟(ちょきぶね)が着いた。

舟には、おこんと睦月(むつき)が乗っており、しっかりとした体付きのシロとヤマが同乗していて、土手道にいる母親の小梅(こうめ)を見て甘えるように吠えた。

櫓(ろ)を漕(こ)いできたのは三年前に神保小路の尚武館道場に入門した中川英次郎(なかがわえいじろう)だった。

穏やかな冬の陽射しが小梅村に散っていた。

百姓家を改造した道場の門から田丸輝信(たまるてるのぶ)と五歳の長男輝一郎(きいちろう)が姿を見せ、その背後に二歳の竹子(たけこ)の手を引いた母親の早苗(さなえ)が従っていた。

「シロとヤマがきた、小梅、いくぞ」

輝一郎と小梅が纏(もつ)れ合うように船着場に駆け下りていった。

「これ、輝一郎、駆け出すと転びますよ」

母親の早苗が注意した。

土手道から船着場の段々の途中で輝一郎がよろけたが、なんとか立て直し、最後の一段を飛び下りた。すると舟から船着場に飛び上がったシロとヤマが母親の小梅にじゃれついていった。

猪牙舟を杭(くい)に舫(もや)った英次郎が竹竿(たけざお)で船縁(ふなべり)を船着場に押し付け、片手でおこんの手を支えて舟から下ろした。

「有難う、英次郎さん」

中川英次郎の父は寛政九年（一七九七）二月まで長崎奉行を務めていた中川飛騨守(ひだのかみ)忠英(ただてる)だ。ただいまでは勘定(かんじょう)奉行に転官していた。

禄高千石の勘定奉行の次男が直心影流尚武館道場の門弟として日々の大半を神保小路で過ごしていた。

神保小路の尚武館道場には、磐音の直弟子の松平辰平、重富利次郎は別格として、その弟分の神原辰之助ら多士済々の門弟衆がいた。英次郎は、尚武館では中位の技量だが、若手の有望株の一人と見なされていた。

睦月が英次郎に手を差し出した。母と同じように船着場に上がる手を貸して、
と眼差しが言っていた。

睦月の手を取った英次郎が、

「睦月様、あとで話がある」

と言った。

えっ、と驚きの表情で英次郎を見返した睦月がこくりと頷いた。

「変わりはありませんか、早苗さん」

英次郎と睦月の会話を小耳に挟みながら、おこんが話しかけると、

「おこん様、わが家は息災ですが、父が孫の世話焼きに頻繁に顔を見せて迷惑しております」

と早苗が訴えた。

「武左衛門（ぶざえもん）様を止められる人はだれもおりません。諦めなされ、早苗さん」

と応じたおこんが竹子を抱きかかえた。

「おお、また一段と重くなりましたよ」

おこんが竹子の顔を見ながら言った。竹子は三歳を前に足の運びもしっかりと

していた。

「お祖母様によう似た美形ですよ」

「父に似ないことだけを願っております」

早苗の言う父とは、輝信のことではない。早苗の父、竹子の祖父である竹村武左衛門のことだ。

おこんは竹子を抱いたまま船着場から土手道に上がった。

船着場では小梅とシロとヤマの親子三匹がじゃれあっていた。

猪牙舟から最後に英次郎が上がり、兄弟子の輝信に無言で一礼した。

「英次郎、なんぞ懸念か」

英次郎の顔を遠くから見ていた輝信が尋ねた。

「懸念などありません。それがし、輝信さんの義父どのを見倣うて万事鷹揚に生きるつもりです」

「わが舅どのは鷹揚なのか」

輝信が首を捻り、

「輝一郎、おこん様に挨拶をしたか」

と長男に注意した。

「おこん様、いらっしゃい」

輝一郎が土手道のおこんに向かって大声を張り上げて挨拶した。

「輝一郎さん、お邪魔しますよ」

おこんは父金兵衛の祥月命日に菩提寺参りに行き、帰りには小梅村を訪う。金兵衛が昼寝をしている最中に身罷ったのが小梅村の今津屋御寮であり、ここに立ち寄って時を過ごすのがこのところの習わしになっていた。

「おこん様、金兵衛さんが亡くなられて四年の歳月が流れました」

輝信が話しかけた。

「はい、年々歳々時が過ぎていくのが早く感じられます」

おこんはしみじみと呟いた。

深川六間堀の長屋の差配を長年務めてきた金兵衛は、晩年、磐音とおこんが住まう小梅村に引き移ることを決意した。だが、新生なった神保小路の尚武館道場に坂崎磐音が復帰する折りは、

「公方様の住む川向こうの暮らしは窮屈だ」

と言って小梅村に残った。

小梅村の道場を田丸輝信が引き受け、後見に向田源兵衛高利がつき、この界隈

の武家屋敷の子弟に直心影流を教えていた。

　そんな中に金兵衛一人だけを残すことを案じた空也が、爺様のいる小梅村に寝泊まりして、川向こうの神保小路に通った時期があった。

　そして坂崎家の暮らしと尚武館の復興が落ち着きをみせた頃、金兵衛は亡くなったのだ。

「輝信さん、いつものようにしばし縁側で過ごさせてください」

「この小梅村の屋敷は、おこん様方の屋敷です」

　輝信が答えたとき、英次郎と睦月がおこんと輝信のもとに来た。

「英次郎、ご苦労じゃな」

　輝信が改めて十九歳の英次郎を労(ねぎら)った。

「いえ、小梅村は何度訪れても大好きな故郷のような場所です。それに」

「向田源兵衛師範に稽古をつけてもらうのが目的か」

　輝信が応じたとき、道場の門前に向田源兵衛が現れた。

　過ぎし日、殴られ屋稼業で生計(たつき)を立てながら諸国を流浪してきた向田源兵衛は、強い剣術家とは言えなかったが、味わいのある剣技の持ち主だった。

　英次郎はそんな向田源兵衛の剣術を好み、小梅村に来るたびに向田源兵衛と竹刀を交えるのを常としていた。

「向田先生、本日も稽古をお願いします」

「もはや英次郎どのに教える技など持ち合わせておりませぬ」

と応えながらも、向田源兵衛も英次郎と稽古をするのを楽しみにしていた。

「睦月様、あとで」

と言い残した英次郎が、百姓家を道場に造り変えた尚武館小梅村道場へと駆け出していった。

「英次郎さんも剣術病の一人ですね。どうして叩き合いがいいのかしら」

早苗が呟き、

「おこん様、睦月様、母屋に参りましょうか」

と誘った。


半刻後、おこんは小梅村の陽射しを浴びながら金兵衛の思い出に浸っていた。

そんな折り、同道してきた睦月も早苗もおこんの邪魔をすることなく、独りにしておくのが常だった。

(お父っつぁん、空也はどうしておりましょうかね)

胸の中で問いかけた。

しばし間があって、金兵衛の声が応じた。

（わしは西国なんぞ訪ねたことがねえからな。空也がどう過ごしているかなんぞ分からねえや）

（冥途からも見えないの）

（見えるわけもねえな。だがよ、元気でいることだけはたしかだろうよ）

（なぜ分かるの）

（だってよ、この界隈じゃ見かけねえもの。ということは現世でよ、息災にしているってことだ）

お父っつぁんたら、自分が死んだことに気付いたんだ、とおこんが笑みの顔で得心したとき、辺りに胴間声が響いて、おこんの夢想を破った。

「おこんさん、今日は金兵衛さんの祥月命日だったな」

武左衛門の登場だ。

「武左衛門様はお元気のようですね」

「近頃、勢津が酒を飲ませてくれぬからな。すこぶる体の調子がいいぞ」

武左衛門がどすんと音を立てて、縁側に腰を下ろした。

「うちの孫どもはどうしておるかな」

武左衛門が奥に目をやり、

「これ、輝一郎、竹子、どこにおる。この家は広いからのう、どこに身を潜めておるのか、よう分からぬわ」

と叫んだ。

「爺様が来たぞ」

輝一郎が武左衛門の声を聞き付けて、飛び出してきた。そのあとから早苗が竹子を抱えて姿を見せた。

「父上、本日は金兵衛様の祥月命日ゆえ、おこん様の邪魔をしてはなりませぬと、あれほど申したではありませんか」

早苗が父親を叱った。

「孫の顔を見に来ただけだ。どれ、輝一郎、爺様に抱かせてみよ」

武左衛門が輝一郎を強引に抱き寄せ、頬ずりしようとした。

「爺様の髭は痛いぞ、すりすりはなしじゃ」

輝一郎が武左衛門の腕の中で暴れた。

「これ、輝一郎、大声を出してはいけません。それに父上、こちらは道場ではございません。暴れたければ道場へ行ってください」

早苗が叱ったが、一頻り爺と孫の「挨拶」が続いた。

「おこんさん、そなたの家に孫が生まれるのはいつのことかのう」

輝一郎を放した武左衛門が不意におこんに尋ねた。

「ご存じのように空也は武者修行の身、いつ戻ってくるのやら見当もつきません。孫など当分先の話でございましょう」

「そうそう、一度身内だけで弔いをした倅がおったな。どうじゃ、あれから江戸に戻ってくる気配はないか。まあこの様子では、武者修行の間に二度か三度通夜をすることになりかねぬな」

「どうした、早苗」

武左衛門がちゃらりとした顔で言い切り、早苗の怒った顔を見て、
と尋ね返した。

「父上」

早苗が金切り声で武左衛門を睨みつけ、言った。

「人様の生き死にを軽々しく口にするなど許せません。ましてや空也様のことを」

「おこんさん、不愉快か」

　こちらはまったく堪えていない武左衛門がおこんを振り返って尋ねた。

「いえいえ、武左衛門様の気性はよう承知しております。もはや諦めております」

「それそれ、それが大人の諦観、いや、達観か。ともかくだ、坂崎家には当分孫は生まれそうにない」

　と応じた武左衛門が、

「文も相変わらず来ぬか」

　とさらに念押しした。

　おこんは一瞬寂しげな表情を見せたが、明るい顔に戻すと、

「文が来ぬのは元気な証でしょう。わが亭主どのは、空也の命の恩人、薩摩の渋谷重兼様と文を取り交わしているようにございます」

　おこんは空也が文を寄せてくれぬことだけを、無念にも寂しくも思っていた。

　そのことを亭主に訴えると、しばし沈思した磐音が、

「おこん、文を身内に出さんとすれば、里心が生じる。ゆえに空也は我慢して耐えておるのではないか。空也は渋谷重兼様のような御仁に助けられながら修行の

旅を果たそうとしておる。われらは待つしかあるまい」

おこんの訴えに応じていた。

「西国は遠いのう。そうじゃ、その御仁のもとには孫娘がおったな」

武左衛門がおこんに質したとき、あれ、という顔でおこんに、指さして教えた。

いつの間に稽古を終えたか中川英次郎が野天道場にいて、睦月と何事か親密に話していた。その場所は、道場入りを許されなかった幼い空也が堅木を立て、独り稽古を続けていた庭の一角だった。

「武左衛門様、邪魔をしてはなりませぬ」

おこんの毅然とした声音に、さすがの武左衛門も黙って頷いた。

「どうしたのです、英次郎様」

ああ、と応じた英次郎は空也が稽古をしていた堅木に手をかけて沈思していたが、

「数日前のことだ。父上がそれがしに、養子の口があるが行くかと尋ねられた」

「養子って」

十五の睦月には養子の意味するところが一瞬理解できなかった。

「さる旗本家からの申し出でだそうな」

「英次郎様が屋敷を出るということですか」

「そういうことだ」

「よいお話ではないですか」

「そうか、それでよいのか」

愕然とした顔付きの英次郎が問い詰めるように睦月に言った。

「ご奉公してお役目に就くのが英次郎様は嫌なのですか」

「違う」

英次郎が珍しく苛立ちを見せた。

「養家に入るということは、その屋敷の娘御と所帯を持ち、夫婦になるということだぞ、睦月様」

英次郎の言葉に睦月が茫然として、

(英次郎様が婿入りするんだ)

と思い、初めて英次郎の言葉の意味を悟った気になった。

「なにが不満なのです」

それでも睦月は英次郎に尋ね返した。

長崎奉行を務め、ただいま勘定奉行に補職された中川家の次男坊なら、婿入り話が舞い込んでくるのも不思議ではない。

「不満などない。それがしは睦月様の考えが聞きたいのだ」

「私の、どうして」

「それがしは旗本家の養子に入り、仕官して城勤めなどしとうない。生涯尚武館道場で剣術の稽古を続けたいのだ。そして……」

英次郎が不意に言葉を止めた。

「そして、どうしたのです、英次郎様」

「睦月様は、それがしが他家の婿になってもよいのだな」

睦月は英次郎の話を理解したつもりだった。だが、英次郎の苛立ちはなにか違うことに気付かされた。

「だって、私、なんと答えていいか分かりません」

「睦月様、それがしは睦月様のそばにいたいのだ」

「あっ」

と驚きの声を上げそうになり、手で口を押さえた。

英次郎は兄の空也よりも一つ年上で、ほぼ同年輩だった。ゆえに門弟の中でも睦月の「兄」の一人であった。背丈こそさほど大きくはないが、空也に容姿が似ていなくもない。

「英次郎様、その養家の娘御と会われたのですか」

「睦月様の許しもなく会うはずもない」

英次郎が地団駄を踏んで発する言葉に、睦月はどう対処していいか分からなかった。

「英次郎様、どうしてほしいのですか」

「それがしは睦月様が好きなのだ。だから、養子になど行くなと睦月様の口から聞きたいのだ。養子に行く羽目になるのなら、空也様と同じようにそれがし、武者修行に出る」

英次郎が明言した。

おこんは、英次郎と睦月の話を察していた。

おこんはなんとなく英次郎の睦月に対する想いを感じ取っていた。だが、十五の睦月はそのことに気付いていなかった。

空也が薩摩入りしようとした折りに国境で身罷ったと、島津家江戸藩邸用人膳所五郎左衛門から寛政七年の師走に知らされ、さらに年が明けてすぐ、霧子の口から死の模様が改めて告げられた。その折り、磐音はある決意を秘めていた。尚武館道場を存続させるために睦月に婿を取る、と心に決めたのだ。そのためには剣術の技量のみならず信頼できる人柄でなければ、尚武館の秘密を守ることはできないと磐音は考えていた。

磐音が門弟衆の中から一人を選抜し、自らの手で育て上げる。そして、識見、人柄、技量が達したとき、後継者として決める。中川英次郎もそんな候補の一人のはずだった。おこんはそう思っていた。

空也が存命と分かって以降、その話が磐音の口からおこんに伝えられることはなかった。だが、万が一の場合のことは未だ亭主の胸中にはあるはずだとおこんは思っていた。

眼前の若い二人は、なにも承知していなかった。だが、英次郎の気持ちを睦月がどう受け止めるのか、母親も口出しできないことだと、おこんは思った。

二

川辺川の水源に近い五箇荘樅木の郷から人吉盆地に入るにはおよそ十里あった。川辺川沿いの道は道なき道で、岩場や岸に人の通った草鞋の跡が残っているだけで、大雨が降ればその道は掻き消えた。

河原道が整備されるのは後々のことだ。

空也は、川辺川沿いに岩場があれば攀じ登って木刀を構えて続け打ちの稽古をし、ゆっくりと下っていった。

冬の陽射しが山の端に差しかかる前に、空也は五木村に辿り着いた。

空也が五木村に入っていくと、うら悲しい歌声が聞こえてきた。

老婆の声だ。

「おどまいやいや　泣く子の守(も)りにゃ
泣くと言うては　憎まるる　泣くと言うては　憎まるる」

空也が歌声に誘われていった先は神社だった。空也は今夜の宿りに願おうかと鳥居を潜った。

「ねんねした子の　かわいさむぞさ
起きて泣く子の面憎(つらにく)さ　起きて泣く子の面憎さ」

五木村は五箇荘の樅木の郷に比べて家数も多く、川辺川の水を利用して水田も拓かれていた。

境内には老婆や子供など何人かの村人がいて、六尺を超える空也の姿に恐れを抱いて遠巻きに眺めていたが、一人の老婆が、

「どこからおいでじゃったと」

と問いかけた。

歌声の主だろう。

「五箇荘の樅木の郷から川沿いに下りてきました」

そこにいた女も子供も引き攣った顔を見せた。

「五箇荘になんしにおいでになったと」

「武者修行です」

と答えた空也は、人吉城下のタイ捨流丸目道場の門弟だと付け加えた。すると
そこにいた人々の表情がいくらか和やかになった。

「なに、丸目道場の弟子ち言いなるな。悪かにしゃじゃなかごたる」

最前から空也に問う老婆が、

「これから人吉に戻るとな」

とさらに尋ねた。

「いえ、どこぞの神社の軒下をお借りして一夜を過ごし、明日には宮原村に立ち寄って人吉に戻ります」

肥後国の侍とも思えぬ若者は、どことなく人を安心させる雰囲気を醸（かも）し出していた。

「宮原村に知り合いがおると」

別の老婆が空也に尋ねた。

「はい、二年前に知り合うた百太郎溝の名主浄心寺帯刀様方にお世話になっております」

空也の答えに山から戻ったという形（なり）の男衆が、

「あんたさんな、狗留孫神社でお籠りをした若い衆は」

と尋ねた。

空也が頷くと、杣人と思える男が村人たちに、空也が理解もできない土地の言葉で話して聞かせた。その結果、

「百太郎溝の帯刀旦那（だんな）の客ならたい、うちで一晩接待しようたい」

と歌っていた老婆が宿を引き受けてくれた。そんなわけで一晩五木村のよね婆の家に世話になることになった。

その夜、夕餉を馳走になったあと、囲炉裏端で空也は子守歌の意味を尋ねた。

「他国者（よそもん）には分かるめいな。こん歌はあれこれと昔から伝わっていて、いくつもあると」

よねが火箸（ひばし）を手に歌い出した。

「おどんが打死（うっちん）だちゅうて　だが泣（にゃ）いてくりゅきゃ
裏ん松山　蟬（せみ）が鳴く
蟬じゃ　ござらぬ　妹（いもと）でござる
妹泣くなよ　気にかかる」

神社で聞いた歌の詞とは違い、ゆったりとした調べだった。それだけに切々とした歌声が空也の身に染みた。

空也は蟬を己に、妹を眉月に重ね合わせてよねの歌を聞いた。

次の朝、空也はよねをはじめ村人に深々と礼を述べて、五木村から四浦村、免田村へと再び川辺川沿いに下っていった。そして、夕暮れ前には、もはや肥後国の「実家」とも言える浄心寺帯刀家の門を潜っていた。すると庭先にいたゆうが、

「ああ、高すっぽどんが来らしたよ」

と喜びの声で迎えてくれた。

「人吉から来らしたと」

空也の形を見て、ゆうが訝しげに尋ねた。

山歩きで空也の綿入れは汚れたうえに、吊橋が落ちたときに袖や胸辺りが破れていた。

空也は武者修行のために川辺川の水源近くの五箇荘の樅木の郷に分け入ったことを告げた。

「なんち言いなると、五箇荘に行かしたと。おどんも訪ねたことはなか山ん奥たい。何事もなかったな」

空也はゆうを心配させまいと、首を横に振って、

「大事はありませんでした」

と伝えた。

急ぎ、湯が沸かされた。

「高すっぽどん、裏の水はもう寒か。一緒に湯に入らんね」

帯刀が空也を誘った。

空也は何日ぶりかの湯に帯刀と一緒に浸かり、湯船の中で樅木の郷で経験した

ことのすべてを語り聞かせた。

帯刀は呆れ顔で話を聞いていたが、

「高すっぽどんには驚かされてばかりたいね。なんな、樅木の衆と山賊退治ばしたち言いなるな」

「いいえ、それがしは少しばかり手伝うただけです」

空也の言葉を聞いて、帯刀が、

「ふっふっふ」

と満足げに笑った。

さらに空也は一晩厄介になった五木村での見聞を語った。

「高すっぽどん、あんたは五木村の成り立ちを承知な」

と訊いた。

「成り立ちとはどういうことですか」

帯刀の話は、空也には驚くべきことだった。

五箇荘の平家落人の集落を見張るために鎌倉幕府の命で三十三人衆が移り住んだのが五木の郷だというのだ。

「樅木の地頭になられた武一郎どのは、五箇荘が平家落人の集落なんて当てにならぬと言うておられました」

「昔のことたい、まことか嘘かだいも分からん。じゃっどん、言い伝えにはそれなりの曰くがあろうたい」

と言った帯刀が、

「おどまかんじん　かんじん　あん人達ゃ　よか衆
よかしゃ　よか帯　よか着物」

と歌って聞かせた。

空也が初めて聞く歌詞だった。

「こん意味が分かるな、高すっぽどん」

帯刀の問いに、空也は分からぬと首を振った。

「勧進はくさ、物貰い乞食の意たい。こん場合は小作人たいね。よかな、他所から五箇荘を見張るために入った五木の三十三人衆は、地主たい。小作人に田圃から鍬、籾まで貸してくさ、暮らす分限者たい。よか衆がよか帯とよか着物ば身に着けとるのは当たり前のことたい。五木村の小作人の娘は十二、三になったらくさ、よか衆の子の守りをせなならんと」

空也は哀調切々とした子守歌の意をようやく理解した。

「今も五木村の三十三人衆は五箇荘を見張っているのですか」

「もはやそげんこつはあるめい。それもこれも言い伝えたいね。まことかどうかは分からんたい」

帯刀が話を締めくくるように言った。

「おお、忘れとった。薩摩から文が届いておるたい」

空也は帯刀に顔を向けた。

「渋谷眉月様からですか」

「ほかに高すっぽどん宛に文をうちにくれる人がおるな」

「おりません」

空也は五箇荘での武者修行の疲れが急に失せたように感じた。

「高すっぽどん、ぬしゃ、どこに行ってん、よか衆に恵まれとるたい」

「はい」

空也は正直な気持ちを短い返答に込めて言った。

「高すっぽどんの親父どんからも、うちにも丁寧な礼状が届いとると」

「父上がこちらに書状を出したのですか」

「高すっぽどんの親父様は、公方様の道場の剣術指南げな。高すっぽどんがくさ、こん歳で強かとは当たり前たいね」

　空也は父の気持ちを素直に受け止めた。

「江戸は変わりありませんね」

「親父様の文にはそげんこつはなんも書かれておらん。もはや高すっぽどんがくさ、肥後にはおるめいと思とうごたる文面たいね」

　空也は、お先に、と湯船から上がった。その背に、

「空也どん、時に母(かか)さんや父(とと)さんに文ば書かんね」

と帯刀が言った。


　夕餉のあと、空也は眉月からの書状を手に浄心寺家の納屋の二階に上がった。

行灯(あんどん)の灯りのもと、眉月の文を手にしばし瞑目した。すると瞼の裏に眉月の顔が浮かんだ。

　文を披(ひら)いた。

「坂崎空也様
眉は息災にしております。それに麓館の猫の空也も元気にしております。

本日は爺様からの言葉をまずお伝えします。

藩主島津齊宣様と道場主東郷様の命に反し、東郷示現流の門弟衆が藩と流派を離れ、江戸で武名を挙げられる薬丸新蔵様を討ち果たすべく、鹿児島を出られたそうです。

爺様が申しますには、そのほかにも幾人かが肥後人吉にいる高すっぽこと坂崎空也様のもとへ向かったとの風聞を耳にしたとか。

爺様は、高すっぽならばどのような相手にも対処しよう。じゃが、無用な対決は恨みを重ねるのみ。避けることが肝要と申しております。

ついでながら、爺様は空也様の父御と書状のやりとりを続けておられます。その内容は眉にはなにも話されません。

眉は、空也様が麓館を去られて以降、無性に江戸に戻りたくなりました。ですが、爺様のことを思うと、そのような我儘(わがまま)はしてはならぬと思います。

できることならば空也様に会いたいと願いながらも、武者修行の邪魔になるのではと、我慢しております。

空也様、いつまで肥後人吉においでですか。

この次の文は眉自ら携えて人吉に参りとうございます。道案内は宍野六之丞が務めてくれるそうです。

渋谷眉月」

とあった。

空也も眉月に会いたいと思った。

しばし沈思したのち、納屋の二階の部屋に用意された硯箱を出し、近況を記し始めた。だが、城下の大橋にて二人の刺客に襲われたことや、もしやその刺客は薩摩の刺客に雇われ、空也の力を試す「捨て石」に使われたのではないかという推測に触れることはなかった。一方で、ただいま人吉藩タイ捨流丸目道場の長屋に逗留していることを初めて眉月に知らせた。

さらに、早々に人吉藩の丸目道場に戻る旨、帯刀とゆうに宛てて書き置きを残した。

未明八つ半（午前三時）に起きた空也は、宮原村の浄心寺家を出ると百太郎溝から球磨川に出て人吉城下を目指した。

なにより久七峠の示現流筆頭師範酒匂兵衛入道と空也の対決は、酒匂の待ち伏

せで避けられないものであった。二人は武芸者同士の尋常勝負を望み、その結果勝敗が決した。だが示現流に、

「恨み」

が残ったのは渋谷重兼の言葉から明らかと思えた。

藩主や道場主の命に逆らい、藩と流派を離れてまでも薬丸新蔵を討たんとする刺客が江戸へと向かい、その新蔵と具足開き(ぐそくびら)きの場で立ち合った空也にも同様に矛先が向けられた。

渋谷重兼は、眉月の文を通して、

「無用な対決は恨みを重ねるのみ。避けることが肝要」

との意思を伝えてきた。つまり言外に、

「薩摩の隣国、人吉を離れよ」

と命じているのではないか。

空也も、薩摩と人吉両藩に面倒をかけるのはなんとしても避けたい気持ちだった。

空也が人吉城下のタイ捨流丸目道場に戻ったのは、朝稽古前の掃除の刻限だっ

た。常村又次郎らがすぐに空也の姿に目を留め、

「おお、どげんじゃったな、山修行は」

と尋ねてきた。

「詳しい話は稽古のあとでいたします」

「なにやらいつもと違うな」

と言った又次郎が、

「よか、おいがまず空也の山修行の成果を見てやろうたい」

と稽古の一番手に名乗りを上げた。

空也と又次郎は久しぶりに竹刀を交えた。

又次郎は、実力の差は歴然としていることを重々承知していた。ゆえに先々(せんせん)の先(せん)で攻めることにした。

空也は又次郎の間断のない攻めを受け続けた。だが、自ら攻めることはなかった。

四半刻が過ぎて、又次郎が不意に竹刀を引き、

「おかしか」

と叫んだ。

「どげんした、又次郎」

と質したのは師範の市房平右衛門だ。

「これまでと違い、なにか拍子抜けするとです。手応えがなかごたる」

又次郎の言葉に市房師範が、

「空也どんは、山歩きで疲れとるたい」

と言った。

だが、道場主の丸目種三郎はなにも言わず、

「空也、相手せよ」

と命じた。

師匠に対して受け手にまわるわけにはいかなかった。

空也は長身から繰り出す上段打ちで攻め続けた。こんどは丸目種三郎が空也の上段からの振り下ろしを弾き返し続けた。

又次郎とはまったく逆の稽古になった。

朝稽古が終わったあと、丸目種三郎が空也を奥座敷に呼んだ。

「山修行でなんぞあったか」

空也は師匠に山修行のすべてを語った。話の間、沈黙して聞き続けた丸目種三

郎が、

「空也の行くところ、風雲急じゃな。それもよか」

と言った。

「師匠、薩摩からの刺客が人吉に入り込んでおるやもしれません。藩と道場に迷惑がかかるのは避けたいのです」

空也は、東郷示現流師範の酒匂兵衛入道と久七峠で尋常の勝負をした事実を初めて丸目種三郎に明かした。

しばし沈黙していた丸目が、

「魂消た」

と洩らした。

「高すっぽが東郷示現流の酒匂兵衛入道を斃したとは魂消た。尋常勝負とはいえ、薩摩は得心する者ばかりじゃなかろう」

丸目種三郎が静かな表情で空也に告げ、空也も頷いた。

「過日の大橋の二人も薩摩の刺客な」

「いいえ、違いましょう」

空也は、薩摩に雇われた者の仕業だと思う、と話した。

「で、空也は人吉を去るか」

「それがよかろうと思います」

「坂崎空也、無用な争いを避けるのも賢者の取るべき道ではある。じゃがな、人吉藩には人吉藩の面目があり、タイ捨流にはタイ捨流の意地がある。わしがよしと言うまで人吉に留まれ。深夜の稽古の相手をわしが今晩からいたす」

丸目種三郎がこれまでにないほどの険しい顔で空也に命じた。

しばし間を置いた空也は、

「お願い申します」

と師の前に平伏した。

三

タイ捨流丸目道場では、道場主丸目種三郎による坂崎空也への指導が密かに続けられていた。

タイ捨流として世間に広まった剣術の奥義には、目録、極々意、刀と免許があった。

　丸目種三郎は、空也の現況をつぶさに点検し、目録は不要と判断した。そこで二人だけの夜稽古に、タイ捨流の極々意の無石焔刀、空開、柳風を空也に伝授することにした。

　いまのところ、直弟子の中には残念ながらタイ捨流を継承するに足る人材が見当たらなかった。そこで丸目種三郎は、坂崎空也にタイ捨流の奥義を伝えることで流儀の神髄を世に残そうと考えたのだ。

　丸目種三郎自身、タイ捨流が他の剣術同様に形骸化していることに気付いていた。長い平時が剣術を、

「武士の証」

と捉え、刀を、

「飾り」

と考えさせるようになっていた。

　青井阿蘇神社で出会った高すっぽを自邸に泊め、翌日、道場に伴い、朝稽古で常村又次郎と立ち合わせたとき、

「これは」

と密かに驚嘆していた。だが、空也は打ち合いで常村又次郎にあっさりと後(おく)れ

を取った。そして、その日のうちに道場から姿を消していた。

高すっぽがタイ捨流を軽んじたわけではないように思えた。若者にはなにか秘めた望みがあったと考えた。

二年後、飄然と丸目道場に戻ってきた若者は、まったく別人に変わっていることに気付いた。

丸目種三郎は、国境を越えて薩摩の剣術を修行してきたという若者が、真剣勝負を経験したであろうことも察していた。

だが、まさか薩摩の御家流儀東郷示現流の老練な高弟酒匂兵衛入道と尋常勝負をなして打ち負かす技量に到達しているとは夢想だにしていなかった。

尋常勝負とはいえ、高弟を負かした若者を東郷示現流が許すとも思えなかった。

若者が人吉に戻ってきた直後に丸目種三郎は高すっぽが坂崎空也という名だと聞き、豊後関前藩と関わりがあると知ったとき、その出自に思い当たった。

空也の父は、亡き西の丸徳川家基の剣術指南であり、運命に翻弄され続けた直心影流の坂崎磐音と推測していた。

流祖の丸目蔵人佐が運命に流されながら確立したタイ捨流をこの若者に伝えることは自然なのではないかと思い、タイ捨流を後世に継承させせようと決意した。

深夜の稽古は、昼間の稽古とは違い、厳しかった。

丸目種三郎の気持ちがひしひしと伝わってきて、空也は全力でそれに応えた。

武者修行で立ち寄ったにすぎない若者にタイ捨流の極意を伝授しようとする丸目種三郎の寛容な考えに驚きを隠せずにいた。

空也にとって、父が実践継承する直心影流であれ、薩摩の野太刀流であれ、そしてタイ捨流であれ、秘伝はその流儀の理（ことわり）を、

「かたち」

としたものだった。そのかたちを己の血肉（けつにく）にするためには実践しかない。その点からいけば薩摩剣法の、

「朝に三千、夕べに八千」

の実践稽古は分かりやすかった。

だが、丸目種三郎はタイ捨流の極々意の奥義を教えるにあたり、球磨川河原での薩摩剣法の夜中稽古を封じた。師匠は新入り弟子の行動を承知していたのだ。

空也はその命を守っていた。

剣術二流を同時に修得するのは至難の業だ。空也にとって父の教えの直心影流は、剣術の基であり、薩摩の野太刀流は、技の極限を示していた。

タイ捨流は剣聖上泉伊勢守秀綱の古(いにしえ)の理(ことわり)を知る剣術のように思えた。

毎夜、極々意の三つを丸目種三郎は丁寧に伝授した。

夜稽古を始めて十日が過ぎた頃、空也も丸目種三郎も二人の伝授に関心を抱く、

「眼」

があることを感じ取っていた。だが、それは丸目道場の門弟衆ではなかった。

師弟はなにも口にすることはなかったが、

「薩摩の刺客」

と承知していた。

ある日の朝稽古中に、常村又次郎が、

「おい、高すっぽ。丸目先生だが、近頃元気がないではないか。朝稽古に姿を見せられぬぞ」

と空也に訊いてきた。

空也は首を傾げたが、なにも口にできなかった。

「内儀(ないぎ)にお訊きするとな、昼間よう文を書いておられるそうだ」

と言った又次郎が、

「おいは来年の参勤上番(じょうばん)の一員に命じられた」

と不意に付け加えた。

近頃、又次郎から国言葉が減っていた。江戸参勤のことを考えて江戸言葉に変えているのかと空也は思った。

「そなた、江戸に戻りたくはないか」

「それがしの武者修行は未だ道半ば、いえ、始まったばかりです」

「いつまで人吉におるな」

「そろそろ旅に出ようかと考えております。ただし丸目先生のお許しが出なければ出立(しゅったつ)はできません」

頷いた又次郎が、

「おい、高すっぽ、注意せえ。またぞろ薩摩っぽと思える輩(やから)が道場の周りをうろついておる」

「承知しております」

「なに、承知か。その割には平然としておるな」

「致し方ありません」

二人が話し合う庭先から門が見え、人影が現れた。

「薩摩から文たい。坂崎空也どんはおられるな」

飛脚が文を掲げてみせた。油紙に包まれた文はぶ厚く感じられた。

「それがしです」

空也は、眉月の返書だと思った。

「だいからな」

又次郎が興味を示した。

「薩摩で世話になったお方からでしょう」

受け取った空也は、渋谷重兼の名を見た。

丸目道場に空也が逗留していることを重兼は知らなかった。だが、眉月には文で知らせていた。ゆえに祖父の重兼が承知していても不思議ではなかった。

空也が紐を解くと、中から二通の書状が出てきた。一通は丸目種三郎に宛てた重兼からの書状で、もう一通は眉月が空也に認めたものだった。

「又次郎どの、この書状、先生に届けてくださいませんか」

「渋谷重兼様か。だいじゃ」

と言いながら又次郎は奥へ書状を持っていった。

空也は長屋に戻ると眉月からの文を披いた。

「坂崎空也様　至急参らせ候」

とこれまでとは違った文の書き出しだった。それだけに緊張が伝わってきた。

「爺様に鹿児島から文が届き、江戸の薬丸新蔵様に送りし刺客は皆返り討ちにあったと報せがありました。東郷示現流の面目立たず、新たなる刺客が選ばれて出立したとか。その者たちとは別の者が人吉藩に向かい、空也様を襲うとか。爺様は、なんと愚かなことをと洩らしております。くれぐれも用心の上、お過ごしくだされたく、麓館にて愛猫の空也とともに祈願し参らせ候」

と読んだところで長屋の戸が開かれて又次郎が姿を見せた。

「おい、渋谷重兼様は先の藩主島津重豪様の腹心であったお方じゃそうな。そなた、知り合いなのか」

「渋谷重兼様と孫の眉月様に命を助けられたのです」

ふーん、と鼻で返事をした又次郎が、

「高すっぽ、薩摩でも口を利かずに過ごしたか」

と尋ねるのへ、空也は頷くと、渋谷重兼と眉月、その一族に世話になった経緯をかいつまんで語り聞かせた。

「おんし、口も利かずして、薩摩の偉い方の信をよう得たな」

と感心したところに門弟の一人から、

「高すっぽ、先生が呼んでおられるたい」

と道場から声がかかった。

空也は、別棟の丸目邸に行くと、庭先から師の居間に向かった。

「そなた、薩摩で麓館の渋谷重兼様のところにおったか」

とこちらも驚きを顔に留めて尋ねた。

「はい」

重兼からの文が丸目の手から膝(ひざ)に広げられていた。

「夜中に見張る眼はやはり薩摩であったか」

空也は頷いた。

「渋谷様はそなたとの出会いから、久七峠の酒匂兵衛入道どのとの尋常勝負まで、およその経緯を認めてこられた。渋谷様は、薩摩と公儀、また薩摩と人吉藩との確執を恐れておられる」

空也は頷いた。

「本日にも人吉を離れます」

「もはや遅か」

と丸目種三郎が言い、

「そなたにタイ捨流ばすべて教えておきたか。あと十日待て」

と言い添えた。

空也は沈思黙考し、頷いた。

「おいは今から渋谷重兼様に書状ば書く。その上で城に上がって殿様にお目通り願う」

坂崎空也を巡る東郷示現流との確執を藩主相良長寛に告げるため登城するのであろうと空也は想像した。

「そなたも渋谷様に文を書くならたい、おいの書状と一緒に早飛脚で麓館に届けようたい」

丸目種三郎が空也に言った。


その夜からタイ捨流奥義の伝授が一段と厳しさを増した。

常村又次郎らはすでに、師匠の丸目種三郎が直に空也を指導していることを察していた。だが、師匠が身につけている技をいずれ去りゆく若武者に教えていることを不審に思う者はだれもいなかった。

空也が死を賭して薩摩に入り、二年近くもの間、薩摩剣法を修行してきたことは、丸目道場に戻ってきたその日、師の命に応じてタテギを木刀の一撃でへし折った力技が物語っていた。そして、その一撃がどのような苦難の末に会得されたか、隣国薩摩での試練を想像することができた。

高すっぽがただの武者修行者ではないことを、皆が知っていた。

だが、だれ一人として師がタイ捨流の奥義を空也に伝えているとは夢想だにしなかった。

十日目の夜のことだ。

極意中の極意、刀の秘技、遠山之目付、陽之目付、陰之目付、甲乙丙、そして、虎籠詰を最後にさらった。

「坂崎空也、おいが教えるべきことはすべて伝えた」

丸目種三郎が空也を前に言った。

空也は丸目種三郎の前に正座し、道場の床に額をすりつけんばかりに平伏して感謝の意を伝えた。

「空也、薬丸新蔵どんがなぜ本流の東郷示現流に盾つき、野太刀流を創始したか分かるか」

「しかとは存じません」

と空也は答えた。だが、頭では新蔵の『謀反(むほん)』を漠としながら理解していた。

「東郷示現流は門外不出の剣術として形よりも、神秘と思える考え『無形』を重視した。新蔵どんは、形の見えるもの、『有形』に己が進むべき道を見出し、東郷示現流を超えるためにひたすら『朝に三千、夕べに八千』の猛稽古に邁進(まいしん)する道を選んだ。薬丸新蔵どんのこの『有形』優先の剣術は、薩摩藩御家流儀東郷示現流の神秘性を貶(おとし)める考えゆえ、東郷重位の門弟衆は認められぬのだ。おいが言うことが分かるか、空也」

空也は漠然として分からなかった。

「おいの考えでは東郷示現流も薬丸野太刀流も源は一緒ゆえ、技や稽古のやり方は似ていると思う。新蔵どんも空也も若い。若いゆえに、考えに頼るより、己の本然の力を、技量を信じておる」

「丸目先生、それではいけませぬか」

「いや、それでよか。じゃが、人は歳をとると『剣術の極みは無にあり』などと考えるようになる。それはその歳に至ったときに考えればよきことよ。おいが教えたタイ捨流の奥義も、正直、迷妄(めいもう)の中にある。それを整理し、身に着けるのは坂崎空也、そなた自身じゃ」

丸目種三郎は訥々(とつとつ)とした言葉で空也に教え諭した。そして最後に言い添えた。

「そなたはすでに承知じゃろう。どこの流派の秘伝も、体に染み入るためには一万回十万回の稽古が要る。そのことを忘れるでなか」

「畏まりました」

とだけ空也は短く返事をした。


江戸神保小路の直心影流尚武館道場では朝稽古の真っ最中であった。

道場の剣術指導は、松平辰平、重富利次郎、神原辰之助らに任されて、磐音が直に指導することは滅多になかった。

だがその日の朝、磐音が珍しく中川英次郎を呼んで稽古をつけることになった。

英次郎にとって坂崎磐音は雲の上の人だ。

「ご指導お願い申します」

竹刀を構えた英次郎を見て、磐音は一瞬空也の面影に重ねた。背丈は五尺七寸余だが、痩身が武者修行に旅立った空也によく似ていた。

だが、剣術は十六の折りの空也に未だ遠く及ばなかった。

中川英次郎は、神田川和泉橋北側にある屋敷近くの一刀流道場で七歳から剣術の修行を始めた。そして十六歳の終わり頃、父親の知り合いの口利きで尚武館道場に入門し直した。

初めて尚武館の門を潜った日、英次郎はきつい稽古に幾たびも失神しそうになったが、なんとか最後まで立っていた。だが、終わりの声を聞くや、ふらふらになりながら厠に向かい、胃の腑のものをすべて吐いた。

これまで一刀流道場で積んだ稽古はなんだったのか、英次郎は愕然とした。

先輩の一人井上正太が、

「おい、新入り、尚武館の稽古の厳しさはこれから分かる。音を上げるならば本日にてやめよ」

と揶揄った。

「いや、やめませせぬ」

英次郎は次の日、だれよりも早く朝稽古に姿を見せた。入門から三月ほどの間は、屋敷に戻ると倒れ込むような日々が続き、ようやく尚武館の朝稽古が体に馴染んだのは半年後であった。

その間、一つ年下の空也の稽古を見たが、無尽蔵な力といい、多彩な技といい、
（これは勝負にならぬ）
と思ったものだ。だが、英次郎は、
（人は人、己は己）
と考えを変えて稽古に励んだ。
英次郎が入門して一年が過ぎた頃、尚武館を暗い気が包むようになっていた。
だが、英次郎はそれがなにゆえか理解できなかった。
ただ、憂いに満ちた睦月の姿が気にかかるようになったが、道場通いを続けた。
入門して三年、
「若手三人衆」
の一人として中川英次郎の名が挙がるようになった。
道場主の坂崎磐音から稽古をつけて貰ったことは、これまでも何度かあった。
だが、その折りは何人かと一緒の稽古だった。
一対一の指導は初めてだった。
互いに正眼に構え合った。
その瞬間、英次郎の視界が巨岩に塞がれたような気がして、くらくらと眩暈が

した。

「どうなされた、気をしっかりと持ちなされ」

「は、はい」

遠くから聞こえる声に必死で応じた英次郎は、

「参ります」

と自らに気合いを入れるように発して、踏み込んでいった。

四

旅仕度の坂崎空也は、その未明に青井阿蘇神社にいた。

空也がタイ捨流の奥義伝授を終えて、そのまま人吉城下を密かに出立することは、師匠の丸目種三郎しか承知していなかった。

空也は、人吉城下を初めて訪れたときのことを思い出していた。

球磨の総氏神（そううじがみ）の青井阿蘇神社で子供相撲（ずもう）が催されている気配に誘われて茅葺の楼門を潜ったのだ。その後薩摩から人吉に戻り、丸目道場の門弟になったあと、又次郎らとおくんちの祭礼を見物に行ったのも青井阿蘇神社だった。人吉出立に

あたり、

「球磨で名所は青井さんの御門」

と『六調子』で謡い継がれる青井阿蘇神社にお参りして人吉に別れを告げるつもりだった。

大同元年（八〇六）に阿蘇神社の分霊を勧請して創建された神社だ。空也にとって思い出の地でもあった。

わずかに常夜灯の灯りが境内を照らしていた。

空也は薩摩拵えの大和守波平と道中嚢を背負い、腰に修理亮盛光と脇差を差し、手には愛用の木刀があった。

麓館、加治木、鹿児島、そしてこの人吉と、縁があった土地との別れは辛い。

空也は楼門を潜り、拝殿、幣殿、本殿へと拝礼して、人吉で会った人々すべてに胸中で感謝を告げた。

丸目種三郎は別れにあたり、

「坂崎空也、そなたが薩摩の刺客を断ち切るために、おいの頼みを聞かんね」

と諭すように言った。

「こいは渋谷重兼様とも書状にて話し合うたことでもあるとたい。剣は、恨みを持って立ち合うことは避けねばならぬ。恨みは憎しみを募らせて、互いが無益な死を繰り返すことになる。そなたが薩摩入りしたことは詮なきこと、島津の殿様も認めてござる。この辺でたい、薩摩の面々を振り切らねばなるまい。おいのこん書状ば使う気はなかか」

丸目種三郎が書状を見せて質した。

薩摩の面々と称したのは、酒匂兵衛入道と関わりの者たちの意であり、薩摩藩そのものではない。

空也は書状がどのような内容のものかまったく察しがつかなかった。だが、師匠の言葉が心身に染みた。

剣は、剣術修行とはなんのためにあるのか。恨みつらみを重ねるためではないと、空也も承知していた。

師の厚意を素直に頂戴した。表書きに、行く先と宛名が認めてあった。その書状は道中嚢の中に収められていた。

人吉での別れをなした空也は、最後に子供相撲が行われていた相撲の土俵に向かった。すると人影があるのを認めた。

「高すっぽ、おいに別れも告げんで人吉ば去るとね」

常村又次郎が空也を詰(なじ)った。

「又次郎どの、失礼は重々承知しております。いささか急ではありましたが、先生の心温かき言葉に従うことにしたのです。ゆえに又次郎どのにも朋輩衆にも別れを告げず、相すまぬことでした」

空也が詫び、改めて言った。

「これより旅に出ます」

「薩摩の刺客がいつ道場に現れてもおかしゅなか気配たい。先生の気持ちもそなたの決断も分からんじゃなか」

常村又次郎が言ったとき、空也は怪しき人の気配があることを感じ取った。道場や空也の行動を密かに窺っていた者であろうか。

空也は丸目道場の長屋から前日のうちに密かに抜け出していた。楼門の暗闇から人影が浮かび上がってきた。長い木刀を手にしていた。柞(ゆす)の木刀だ。

薩摩の刺客の一人と知れた。

「うっ」

と又次郎が驚きの言葉を洩らした。そして、尋ねた。

「だいな」

相手は答えなかった。

腰に差した長い柄の刀と手にした杵の木刀を見た又次郎が、

「薩摩の衆か」

と質した。

その問いにも答えない。

空也は、相手が一人かどうか気配を探った。ほかにいるとは思えなかった。となると又次郎の動きを見張っていた者であろう。仲間に知らせる暇もなかったと思える。

相手は無言裡に戦いの仕度をなした。

もはやこの期に及んで戦いを避けるわけにはいかなかった。

空也は背から道中嚢と大和守波平を外すと道中羽織と一緒に又次郎に渡した。

「おいが連れてきたとな」

と又次郎が案じた。

「致し方ないことです、又次郎どの」

空也は腰の修理亮盛光も脇差も抜き、さらに又次郎に渡した。その空也が木刀

を手に意外な行動をとった。草鞋を脱ぐと相撲の土俵に、

ひょい

と飛び乗ったのだ。そして、直径十三尺（三・九四メートル）の土俵の、徳俵（とくだわら）の一つの前に立ち、薩摩からの刺客、東郷示現流の相手に向き直って一礼した。

土俵にうっすら常夜灯の灯りが差し込んでいた。

無言の相手も腰の一剣を抜き、楼門の下に置くと草鞋を脱ぎ捨て裸足になった。

「そなたと戦う謂れはそれがしにはありません」

「酒匂兵衛入道様の仇をなす」

初めて相手が戦いの意味を告げた。

「酒匂様との戦いは尋常勝負にございました。それはそなたも承知のはず」

返答はなかった。

「この戦いも尋常勝負と心得てようございますか」

「よか」

「ならば人吉藩の御番頭、常村又次郎どのが見届け人でござる」

相手が頷いた。

互いが木刀勝負に応じる構えだ。

その瞬間、空也は薩摩で習い覚えた野太刀流を使うことを己に禁じた。

幼き頃より見よう見まねで覚え、十二歳から父に伝授された直心影流の基たる、正眼の構えで応じることにした。

それを見た相手がするすると後退して十数歩、間を空けた。

柞の木刀を蜻蛉に構えた。長年の鍛錬を示す見事な右蜻蛉であった。

二人は長い間合いで睨み合った。

「きえーっ」

青井阿蘇神社に鋭い気合いが響き渡り、踏み込んできた。

又次郎は薩摩人の薩摩剣法を初めて見ることになった。

独特の運歩だ。腰を沈めた足は、親指、人差し指、中指で走り、間合いを一気に詰めた。

土俵の手前で再び猿叫が洩れて、虚空高く飛んだ。そして、土俵を挟んで徳俵の前に立つ空也に、柞の木刀が風を切って襲い来た。

空也は正眼の木刀をそのままに、
そより
と横手に身を移した。

一撃必殺の攻めが躱(かわ)された。

「うっ」

と呻き声を洩らした相手が腰を沈めて空也の攻めを待った。だが、攻めはこなかった。

ふと振り返ると、薩摩でも肥後でも高すっぽと呼ばれた若者は、土俵の反対側の徳俵の前にひっそりと立っていた。

「逃ぐっとか」

と一撃目を外された相手が喚いた。そして、憤怒の顔付きで再び木刀を蜻蛉に構え直した。

空也も再び正眼に構え直した。

この瞬間、空也は相手が平常心を失っていることを承知していた。

相手は独特の運歩で間合いを詰め、不動の空也に叩き付けた。

幼い頃から、何十年も猛稽古を積んできた者だけが繰り出す強打であり、速打だった。

空也は野太刀流の稽古を通して薩摩剣法の打突を承知していた。

恐怖に堪えて引きつけた空也の正眼の木刀が閃(ひらめ)き、相手の喉元を軽く突いていた。だが、相手が踏み込んでくる折りの突きだ。土俵の真ん中に倒れ込んで悶絶した。

空也はしばし突きの構えを残し、ゆっくりと土俵を下りると草鞋を履いた。

「空也」

とたった一人の見届け人が声を上げた。

「こん者をどうするな」

「いずれ正気に戻られます」

と応じた空也の声は平静だった。

又次郎から道中嚢など預けたものを受け取った空也が願った。

「薩摩拵えの大和守波平、参勤上番の折り、江戸に持参してくれませぬか。武者修行中のそれがしには二口の刀は無用です」

「尚武館道場の父上に届けよと申すか」

「ご迷惑ですか」

「おいはおんしの勝負ば二度見た男たい。こげなことはなんでんなか」

と又次郎が引き受けてくれた。そして、改めて、

「行くか」

「はい」

と互いが短いやりとりを重ねた。

「どこへ行くか、言わんな」

「二年前、一勝地谷(いっしょうちだに)にて一夜の喜捨(きしゃ)に与(あずか)ったご老人がおられます。まずはそのご老人を訪ねます」

「本当のこつは言うまいな。達者でな、高すっぽ」

「又次郎どん、世話になり申した」

青井阿蘇神社の楼門前で二人は右左に別れた。

その日、朝稽古のあと、常村又次郎は師匠の丸目種三郎に未明の出来事を告げた。

「なに、青井さんでそげんこつがあったか」

「ございました」

「柞の木刀と勝負したか」

勝敗は丸目には分かっていた。

「高すっぽはその者に情けをかけたか」

丸目種三郎は、空也の勝負について感想を洩らしただけだった。

「高すっぽから預かった刀は、江戸に持参します」

又次郎は奥座敷を辞去しようとして、何事か思案する師匠に、

「高すっぽは熊本に行くつもりでしょうか」

と尋ねた。

「さあてのう、空也がどこに行こうと薩摩の士は許すまい」

と呟いた。


又次郎が丸目道場を出たとき、旅姿の武士と娘が門前に立っていた。見たこともない透き通った肌の持ち主で、引き込まれそうな瞳の娘だった。人吉の人間ではない。そのことだけは又次郎にも分かった。

「なんぞ丸目道場に御用かな」

又次郎が尋ねた。すると武士のほうが、

「タイ捨流丸目道場はこちらですか」

薩摩訛りで又次郎に尋ねた。又次郎が頷くと、

「こちらに坂崎空也様がお邪魔しておりましょうか」

と娘が訊いた。

「そなた様方は」

「これは失礼をし申した。こちらは、薩摩藩菱刈郡(ひしかりごおり)の麓館、渋谷重兼様の御孫女眉月様にござる。それがしは、渋谷家の家臣宍野六之丞にござる」

と武士が答えるのへ、

「おりましたと」

又次郎が応じた。

「おりましたとはどういうことでございましょうか」

眉月の顔が曇り、不安が漂った。

「渋谷眉月様、宍野どの、ただいま師の丸目に話を通します。暫時(ざんじ)、式台前でお待ちくだされ」

又次郎が別棟の師匠のもとに向かって二人の来訪を告げた。

「なに、渋谷重兼様の御孫女が参られたか」

しばし沈思した丸目が、

「会おう」

と言い、

「又次郎、頼みがある」

と言った。

「おそらくお二人は高すっぽに会うべき急用を持っての来宅であろう」

「高すっぽはすでにうちにはおりませんぞ」

「ゆえに頼みじゃ」

丸目種三郎が又次郎に何事か懇切に告げた。驚く又次郎をよそに、

「お二人をこちらへ案内せえ」

と命じた。


丸目種三郎も渋谷重兼の孫娘の美形に驚いた。

「よう薩摩からおいでなさったな」

と労った。

「丸目様、坂崎空也様はもはやこちらにおいでではないのですか」

「それがな、一日いや、半日違いで人吉を出られましたと」

なんと、と眉月が哀しみの眼差しで呟いた。

「急な出立でござったが、なんぞ曰くがござろうか」

宍野六之丞が質した。

「ござった」

丸目種三郎が、人吉に薩摩の刺客の影がちらつくようになったことを告げ、

「そなたの祖父、重兼様と書状にて語り合うた結果、人吉を去るのがよかろうとおいが高すっぽに、いや坂崎空也に勧めたとでござる」

「遅うございましたか」

眉月が呟いた。

「眉月様、そなた様には坂崎空也に会わねばならぬ用がおありじゃな」

「祖父重兼の書状を預かってきております」

「なに、姫様自ら文使いをなされたか」

「それも無益な旅でございました」

「ああ、忘れておりました」

眉月の顔に哀しみと憂いが漂った。そして、慌てて、
と宍野六之丞に、

「丸目先生への文を」

と命じた。

「おお、迂闊でございました」

六之丞が道中嚢から丸目種三郎に宛てられた渋谷重兼の書状を差し出した。

「この場にて読ませてもらおう」

と書状を披いた。

二度ほど読み返した丸目種三郎がしばし沈思し、

「眉月様、そなた、船には慣れておいでか」

と尋ねた。

「川船でございましたら、川内川で乗り慣れておられます」

と六之丞が応じた。

「おお、麓館は川内川べりでござったな」

「それがなにか」

「球磨川はいささか流れが急でござってな」

眉月も六之丞も、丸目種三郎の問いの意味が分からずにいた。だが、眉月が、
はっ
としたように、

「もしや丸目先生は、空也様が向かわれた地を承知なのでございますか」

と質した。

「承知しておる。じゃが、高すっぽの歩きは速いでな、半日遅れで追いつくには人吉から早船で急流を乗り切るしか方策はなか」

と丸目が告げると、

ぱあっ

と眉月の憂いの顔が一転して明るくなり、

「参ります」

と答えていた。

「ならば、いま船の手配を門弟に言い付けたところでござる。仕度ができるまで、しばし薩摩での高すっぽの話を聞かせてくだされ」

と願った。

首肯した眉月が反問した。

「丸目先生、空也様はお話ができるのでございますね」

「姫様、あんにしゃ、なかなかの遣(や)り手たい。薩摩におる間、名無しで押し通したと聞かされた。魂消た若衆たい」

丸目種三郎が感慨深げに眉月に言った。

第五章　ふたたびの

一

　人吉城下から人吉街道を七里八丁余り西に進むと九州西岸の八代海に出て、薩摩街道の宿場町である佐敷（さしき）に辿り着く。そこから薩摩街道を北上すると、八代だ。

　眉月と宍野六之丞は、人吉の船着場から丸目種三郎が用意した二丁櫓の早船に乗り込み、球磨川を下って八代を目指した。

　出立したのは昼過ぎのことだ。いくら急流を行く二丁櫓の早船とはいえ、その日のうちに八代に着くわけではなかった。

　両岸から巨岩や岩壁がそそり立ち、人吉藩相良家の参勤交代一行も渦を巻くような激流に差しかかると、相良家象徴の槍を倒して通ることから、と呼ばれる場所をはじめ、球磨川には難所がいくつも待ち受けていた。

川内川に慣れた眉月と六之丞ではあったが、さすがに球磨川の急流には言葉もないほど驚かされた。

二人はその夜、途中の船宿にて過ごした。

人吉を発った日の朝、空也が一勝地谷に立ち寄ったことを眉月は知らない。

空也は二年前、一勝地谷で一夜の宿を許してくれた長老の家に立ち寄り、礼を述べた。すると長老が、

「高すっぽ、にしゃ、口が利けたいな」

と驚きを隠せない顔で歓待してくれた。一刻ほど一勝地谷で刻を過ごした空也は八代へと出立していった。その日、夜を徹して人吉街道を佐敷に向かい、ひたすら歩いていた。

空也にとって徹宵して歩くのも武者修行の一つだ。

一方、明け六つ（午前六時）の刻限、再び船に乗った眉月と六之丞は、今日もまた球磨川の流れに身を固くしていた。

「眉姫様、人吉藩に関わりがある船頭衆は球磨川下りに慣れた者にございますぞ。

相良の殿様のご一行もこの船で八代海に下ると聞いております。安心してください」

六之丞は自らを得心させるように言った。だが、その六之丞さえ船縁をしっかりと手で摑んでいた。

眉月と六之丞は球磨川沿いを離れて佐敷へ続く人吉街道を行く空也と二手に分かれたことも知らずして、その日の夕暮れに八代に到着した。

八代は球磨川河口の三角洲に拓かれた城下町だ。

歴史を辿ると、平安末期、平清盛がこの一帯を、

「八代荘」

として領有したのが始まりとされる。

その後、源頼朝の妹が嫁いだ一条家や北条家の荘園が置かれた。さらに南北朝時代には、南朝の名和氏がこの地に築城し、九国南朝の拠点とした。以降、軍事的な要衝となった八代を、薩摩の島津一族や小西行長、加藤清正らが治めてきた。

江戸幕府が開闢すると、幕府は慶長二十年（一六一五）、大名諸侯の軍事力を削ぐために一国一城令を発した。

だが肥後の細川家では、隣国の外様雄藩の島津家、南九州に渡来する異国船へ

の備えとして、八代城を格別に残すことを幕府から許された。

正保三年（一六四六）、細川氏の筆頭家老松井氏が八代城の城主として就いた。

この八代、球磨川舟運の拠点として人吉藩などの年貢米積み出し湊として栄えた。また球磨川の河口部の北に広がる干潟を干拓して新田開拓が行われ、熊本藩の財政を潤すことになった。

肥後熊本藩の第二の城下町八代は人吉藩にとって、球磨川舟運を通じて長崎交易の拠点となる湊でもあった。

三角洲に建てられた八代城を見て船着場に下りた六之丞が、

「ふうっ」

と大きな息を吐き、ほっと安堵の表情を見せた。そして、自らの役目を思い出したか、

「眉姫様、こん八代は殿の供でよう参ったところです。馴染みの旅籠梅海楼に参りましょうか」

と声をかけた。

「六之丞、その前になすべきことがございます」

と眉月が船頭に向かい、

「船頭どの、助かりました。いささか怖い思いもいたしましたが、楽しい船旅でした」

と礼を述べた。

「おお、忘れておった」

と慌てた六之丞が船頭に感謝の言葉をかけ、なにがしかの礼金を渡した。

六之丞に礼を述べた船頭衆は、八代の人吉藩船宿の番屋に泊まって、明朝人吉に戻るという。

船頭衆を見送った眉月は六之丞に言った。

「梅海楼に行くより前に、丸目様から教えられた廻船問屋を訪ねて、空也様がすでに到着しておられるかどうか訊いてみましょうか」

丸目種三郎が教えてくれた先は六之丞が馴染みの薩摩藩の船宿とは違っていた。また、球磨川舟運の船宿とは別の、八代湊に入る千石船相手の廻船問屋八代屋太郎左衛門（やつしろやたろうざえもん）方であった。

眉月と六之丞が店に入っていくと、番頭がじろりと二人に眼を向けて、

「旅のお方、うちは旅籠ではございませんがな」

と言った。

「私どもはこのような者です」

眉月は丸目種三郎が八代屋に宛てて認めてくれた口利きの書状を差し出した。

その差出人を確かめた番頭が、

「おや、人吉藩のご家中の方でございましたか」

と頷き、丸目の書状を披いて読んだ。そして、なんと、薩摩のお方が人吉藩の口利きでうちに見えた、と呟きながら、

「姫様、丸目様の申されるお方は未だうちにはおいでではございません」

と言った。

「ならばそのお方がお見えになったら、私どもは梅海楼に投宿していると伝えてくれませぬか」

「承知いたしました」

二人は、急流を下ってきた船で徒（かち）の空也を追い越したのだと思った。

そんな二人の前に白鷺城（しらさぎじょう）の呼び名を持つ八代城が堂々たる姿を見せていた。

「眉姫様、高すっぽのことです。今宵（こよい）か明日には姿を見せましょうぞ」

六之丞が眉月の胸のうちを察して慰めた。

眉月はただ頷き、

「梅海楼に参りましょうか」

と言って歩き出した。


その頃、空也は人吉街道から佐敷を経由して薩摩街道の日奈久(ひなぐ)宿手前の小高い丘で八代海に沈もうとする夕日を眺めていた。

空也にとってただ今の目的は、薩摩の、いや、正しく言えば東郷示現流の筆頭師範だった酒匂兵衛入道の仇を討たんとする一門衆の敵意を避けて、姿を隠すことだった。

丸目種三郎は、八代の廻船問屋八代屋太郎左衛門方への書状を認めて空也に渡した。別れの折り、

「すべて八代屋の指示に従いない」

と改めて命じた。

「高すっぽの行き先を知る人間が少なかことがなにより大事たい。当人が知らんなれば、なんぼかよかろうもん」

と言った。

空也の眼前で黄金色の日が八代海の向こう、天草の山の端へと沈もうとしてい

た。

眉月と一緒に薩摩灘に突き出した戸崎鼻から見た夕日を、いや、それを見つめる眉月の眼差しを空也は思い浮かべていた。

眉月の体には渡来人の血が流れていた。

あのとき、眉月は先祖に思いを馳せながら、

「高すっぽさん、名無しのままに眉月と別れるの」

と質したのだった。

空也は眉月の手を取り、掌に坂崎空也の四文字を認めた。あの眉月の手の温もりと感触が懐かしかった。

(それがしはこれからどこへ行くのか)

道中嚢の中にある一通の書状が空也の行き先を決める。それもまた武者修行だと己に言い聞かせた。

対岸の陸影から視線を逸らした。すると棚田の向こうから、夕暮れの空に煙が幾条も立ち昇っていた。

空也は日没の光に眼を戻した。

日が、

すとん
と沈んだ。

空也は真っ暗になる前に薩摩街道に戻り、八代を目指そうと考えた。空也にとって二晩や三晩の徹宵は、なんでもないことだった。だが、その前に煙がなにか確かめたくなった。

棚田には稲穂の掛け干しに使った木組みの連なりが残照に見えた。

「天狗どん、どこに行きなると」

不意に空也の行動を訝しむ声がかかった。

棚田の見回りをしていたか、老人が立っていた。

「あの煙がなにかと思いまして。確かめたら八代に向かいます」

老人がさらに質した。

「どこからおいでな」

「人吉です」

「相良の殿様の家来じゃなかごたる」

「タイ捨流丸目道場で修行をしておりました。ですが、人吉藩の家来ではございません。武者修行の者です」

「じゃろ」

と応じた老人が、

「あんた、日奈久がどげんとこか知らんな」

と尋ねた。

空也は知らないと首を横に振った。

「昔からたい、日奈久は温泉が湧くと。細川の殿様の御前湯もあるたい」

「ああ、あれは湯煙でしたか。細川の殿様の御前湯には浸かることはできませんね」

と言って空也は笑った。

その笑顔を見た老人が、

「こん界隈の百姓やら旅の人間が入っててんよか湯もあると」

「この刻限に湯に入れますか」

「温泉は昼も夜もなか。ついてこんね」

老人は親切にも棚田の道を下って湯煙の里に連れていった。

武者修行の空也は、初めて温泉街に足を踏み入れた。

天明三年（一七八三）にこの地を訪れた、備中国岡田藩生まれの地理学者古川古松軒は、その著『西遊雑記』にこう記す。

〈日奈久は大槩の町にて、熊本侯の御茶屋もあり〉


農閑期のせいか、それなりにざわめいた温泉地を空也は驚きの目で見回した。

「あんた、湯治場は初めてな」

「武者修行の身には無用の場所です」

「そげなこつ言いないな。日奈久に来たならたい、湯に浸かるとが礼儀たい」

老人は親切にも土地の人間が入るという湯屋に案内してくれた。

薄暗い湯船に三人の男が浸かっていた。

松明の灯りが脱衣場と湯船の三人を照らしていた。

空也は家斉拝領の備前長船派修理亮盛光と脇差、道中嚢を、脱いだ衣服とひとまとめにして、湯から見えるところに置いた。

洗い場に立つと三人の里人たちが言葉もなく空也を見上げた。すると湯屋の入口で様子を窺っていた老人が、

「心配せんでよか、武者修行の侍どんたい」

と湯の三人に教えた。

「天狗やなかろかと思うたたい。利爺、どこから連れてきたと」

「丘の上からくさ。日が落ちるとば、ぼうっと見てなはったと」

「武者修行のにしゃたい、呑気やな」

湯の中の三人が気を許したか、空也がかけ湯をして、湯に入ってくるのを迎えた。

「ぬしゃ、どこ行くとな」

漁師のように日焼けした男が尋ねた。

「八代です。その先は分かりません」

空也は正直に答えた。

「あんたさん、どこからな」

もう一人が関心を持ったか問うた。

「人吉からです」

「国が人吉な」

「いえ、父も母も江戸に住んでおります」

「おっ魂消た。江戸からこん時節に武者修行な。らちもなかたい」

漁師と思える男が空也の言葉に呆れたように言った。

「今晩どげんする気な」

空也の宿を案じたか、一人が訊いた。

「お寺か神社の軒下を借り受けます」

「こん時節、寒かろうが。この湯番をせんね」

それまで黙って空也を観察していた三人目が言った。

「この湯屋に泊まってよいのですか」

「そん代わり、朝な、掃除ばしない、泊まり賃たい。朝湯は女衆たい、そん前に掃除ばして出ない」

「掃除なら道場で慣れております」

三人の男たちが湯から上がっていった。

空也は一人になって湯の中でゆったり足を伸ばした。


梅海楼は、本城の熊本から八代に御用で来る重臣らが使う旅籠として知られていた。眉月と六之丞は、この梅海楼に投宿した。

宵闇の刻、宍野六之丞が廻船問屋の八代屋太郎左衛門方に空也が到着したかど

うか尋ねに行った。大戸は閉じられていたが、通用戸を叩くと中から、

「だいな」

と最前の番頭らしき声が応じた。

「まだ人吉からの衆は来ておらぬか」

「未だ姿が見えませんな。薩摩の人が気にかけるほど、そげん大事な御仁ですかな」

と問い質した。

「そうだ」

「武者修行の若衆が来たらたい、すぐに梅海楼に知らせるけん、案じなるな」

と戸の向こうの番頭が言った。

六之丞が梅海楼に戻ると、座敷にはまだ膳が出ていなかった。そのかたわらで眉月が文を認めていた。江戸の両親か、麓館の祖父重兼にであろうと、六之丞は考えながら、

「眉姫様、高すっぽはまだ廻船問屋に姿を見せておりませんでした」

と報告した。

「高すっぽさんのことよ、そう容易には会えないわ」

文を書くのをやめた眉月が、

「六之丞、焼酎を頼むのなら女衆に願いなさい」

と許しを与えた。

「いえ、こん旅の間、酒は飲みません と。あん高すっぽの無事の姿を見たら、どうなるか、分かりませんが」

六之丞はそう言うと女衆に膳を願った。

「眉姫様、高すっぽは何者でしょうか」

「この旅の間、何度同じことを訊くの」

「おいには川内川で死にかけていた高すっぽと、久七峠で酒匂兵衛入道どんと勝負した若侍がどうしても同じ人間とは思えませんと」

「その言葉も何度も聞いたわ」

「眉姫様は久七峠の戦いを見ておられんたい。ありゃ、鬼人たい。あん高すっぽ、薩摩では一言も口を利かんかったな、水臭かたい」

六之丞の際限のない言葉が坂崎空也に対する畏敬であることを眉月は承知していた。

「まっこと口が利けるとやろか」

六之丞がひとり言ちたところに、夕餉の膳が二つ運ばれてきた。

「宍野様、ほんとに焼酎は要らんとね」

「姫様の供たい、要らん要らん」

と六之丞が答え、

「あいつ、今頃どこにおるとやろか」

と呟いた。

眉月は、

（たった四月ほどしか過ぎていないのに、このときめきは）

と自分自身がおかしく思えた。

その空也と明日には会える、必ず会える、と眉月は思いながら箸を取った。

二

宍野六之丞は八代の梅海楼に滞在しながら、朝と夕べの二回、廻船問屋の八代屋を訪ねて、坂崎空也の到着を確かめることが日課になった。

眉月と六之丞が八代に到着して三日目を迎えていた。ゆえに、八代屋の番頭も気の毒そうな顔で首を横に振るばかりだ。

　眉月は六之丞から、

「未だ到着しておりませぬ」

　と告げられるたびに、ただ頷き、

「待ちましょう」

　といささか寂しげな笑みで答えた。

「眉姫様、人吉から八代まで歩いたところで、高すっぽの足ではせいぜい一日半もあれば楽々着いて不思議はなか。そいが姿がなかちゅうな、なにかあったとやろか」

「空也様が八代に姿を見せぬということは、それなりの事情があってのことでしょう」

　眉月は健気に応えた。

　ふたりの頭には薩摩藩酒匂一派の刺客があった。だが、そのことをどちらも口にすることはなかった。

（まさか）

　眉月も六之丞も空也が変心し、八代ではなく別の地に次なる修行の場を求めて向かったのではないかと期せずして考えた。

「六之丞、そのことを考えても致し方ないことです」

と眉月が六之丞に応じると、

「麓館の爺様には事情を認めて飛脚で知らせてあります。私は空也様が見えられるまで、幾月でも幾年でもこの八代で待ちます」

と言い切った。


空也は未だ湯治場日奈久にいた。

湯屋で一夜を過ごした翌朝、厄介になった温泉場を綺麗に掃除して出かけようとすると、女衆が朝風呂に来て、空也に竹皮で包んだ握りめしをくれた。そして、温泉場の様子を見て、

「こりゃ、正月が来たと違うやろか、えらい綺麗になっとるたい」

と驚きの表情を見せた。

「お侍さん、あんたさんがこげん掃除したとな」

女衆の問いに頷いた空也は、丁寧に礼を述べて一夜の宿から出立しようとした。

「よかな、お侍さん。ここが好きならたい、またいつでもおいでなっせ」

の言葉に送られて空也は出た。

湯治場のある海辺から薩摩街道に出た途端、久しぶりに突き刺すような「眼」を感じ取った。

空也はその瞬間、このまま酒匂一派の刺客を八代に連れていくわけにはいかないと思った。そこで薩摩街道から外れて山間部に入り、刺客を振り切ろうと走り出した。山を踏破することにかけてはだれよりも速いという自信があった。

夕暮れの刻限、空也の姿は再び鄙(ひな)びた湯治場の日奈久に戻っていた。

「おお、高すっぽ、また来たとな」

昨夜、湯治場を宿にしてよいと許しを与えた漁師が空也を見かけた。

「この湯治場が気に入りました。二、三日、夜の間だけいさせてくれませぬか。その代わり、掃除はいたします」

空也が願うと、

「よか、町主どんに訊いてみようたい」

と日奈久の町主への仲立ちを引き受け、綿入れまで貸してくれた。そんなわけで空也は湯治場に寝泊まりしながら、未明から山に入り、修行をした。

最初感じた「眼」は消えていた。

だが、三晩目、湯治場に戻ると、空也に関心を寄せる者たちの気配を明らかに感じ取った。

もはや戦うしか八代に行く術はない。酒匂兵衛入道の仇を狙う薩摩者を振り切る方策はなかった。

湯治場の隅に積まれた夜具の上に竹皮包みがあった。湯治場の人々の施しだ。

空也は、だれもいない温泉に浸かり、時を過ごした。そして、いつもより早く掃除を終えると、喜捨の握りめしと煮つけをゆっくり咀嚼しながら食した。

幾晩か世話になった湯治場をあとにした。

月の位置から考えて九つ（午前零時）時分だろう。

空也は日奈久海岸に出た。

八代の海に月明かりが映え、天草の島影が見えた。

岩の一つに這い上がり、海に向かって座禅を組んで瞑想した。

想念があれこれと渦巻いた。

空也が武者修行に出て、常に考えてきたことは、旅の当初に出会った遊行僧から授けられた、

（捨ててこそ）

という無言の教えだ。

だが、若い空也では未だその境地には達し得なかった。

ただ瞑目し、時を待った。

日奈久の浜に殺気が漂った。

空也が両眼を見開くと三つの人影が確かめられた。正体を訊かずとも杵の木刀を携えていることで分かった。

空也は岩場から立ち上がると、腰から抜いていた修理亮盛光と木刀を手に砂地の浜に下りた。

「薩摩の衆に申し上げる」

空也は無益と知りつつ、声をかけた。

「坂崎空也、肥後と薩摩の国境久七峠にて酒匂兵衛入道様と剣を交えたのはたしかでござる。されど立ち会い人もおった武芸者同士の尋常勝負にござった」

相手からはなんの言葉も返ってこなかった。

無言の裡(うち)に羽織を脱ぎ、腰の薩摩拵えの剣を抜いて岩の上に置き、杵の木刀での戦いの仕度を淡々となした。

空也も修理亮盛光を岩場に立て、道中羽織を脱いで畳んだ。脇差を腰に残し、手慣れた木刀を携えて、名も知らぬ三人の討ち手に向き合った。

間合いは十数間。

三人は縦に並んで空也と向き合っていた。

野太刀流でいう「掛かり」の勝負だ。

一人目が右足を前に右蜻蛉に構えた。二人目も三人目も一人目に倣った。もはや見慣れた構えだ。

空也は正眼に木刀をつけた。

相手方が走り出した。間合いが一気に詰まった。

空也は薩摩剣法の恐ろしさを体験してきた人間だ。ゆえにその破壊力をだれよりも承知していた。

恐怖に駆られながら、その、

「瞬間」

を待った。

「きえーっ」

猿叫が死闘であることを空也に告げていた。

耐えた。ただ待った。

杵の木刀が日奈久の浜を打ち砕くように天から下りてきた。

そのとき、空也の木刀が翻って相手の右首筋を叩き、相手を横手に転がした。

だが、空也が安んじる間はなかった。

二番手、三番手の強打が襲いかかってきた。

空也は自ら踏み込みながら、二番手の左肩口を叩き、三番手の胴に木刀を伸ばしていった。

一瞬の間だった。

仲冬の月が日奈久の浜の戦いを見ていた。

空也は気絶した三人をその場に残すと、岩に立てかけた修理亮盛光、道中羽織に道中嚢を手に、浜伝いに八代に向けて駆け出した。

日奈久から八代までおよそ二里半、空也は駆けた。八代に行くことを薩摩に知られたくなかったからだ。

空也は、八つ半（午前三時）過ぎに球磨川河口に架かる橋に差しかかり、足を止めた。

呼吸を整え、三角洲に建つ熊本藩細川家第二の城を見た。

この地からどこへ行くのか、未だ空也は知らなかった。背の道中嚢にある書状だけが空也の次なる旅を教えてくれた。

廻船問屋を訪ねるのはいくらなんでも早い。

息を鎮めた空也は、名も知らぬ橋を渡り始めた。

河口部を見ると干潟が広がっているのが月明かりに見えた。

橋の中ほどで空也は足を止めた。

待つ人がいた。

ゆっくりと歩みを再開した。

若い武家方と思えた。道中袴に塗笠を被っているところを見ると、この土地の者ではない。

七間ほど歩み寄ったところで空也は再び足を止めた。

空也はどこかで見た記憶があった。そう遠い昔のことではない。

「坂崎空也どのか」

相手が質した。

若い声だ。薩摩訛りから察して、江戸藩邸に勤番したことがある島津家の家臣であろう。

「いかにもさようでございます。どなた様にございますか」

「酒匂兵衛入道の三男酒匂参兵衛」

なんと酒匂兵衛入道の三男が空也を待ち受けていた。ゆえに空也は参兵衛に酒匂兵衛入道の面影を重ねて見たのであろう。

「尋常勝負であったこと、父の遺書にて承知しておる」

酒匂参兵衛の言葉遣いはあくまで丁重にして平静だ。声からして空也より二、三歳上か。

「坂崎空也どの、そなたに恨みは一切ない。じゃが剣術家として関心がござってな。かく言う拙者、江戸から鹿児島に立ち戻ったばかりでござる」

「勝負をご所望ですか」

「江戸の剣術界をそなたの剣友薬丸新蔵が掻き回しておる。じゃが、おいは新蔵には関心がなか。直心影流尚武館道場の道場主坂崎磐音様の一子の技量に心を惹かれ申した」

「参兵衛様、この場にて雌雄を決すると申されますか」

「そなたが承知ならば、そう願いたい」

酒匂参兵衛はあくまで丁寧な言葉遣いだ。

空也は覚悟した。

「承知いたしました」

空也は一礼すると、手にしていた木刀を橋の欄干に立てかけ、この夜二度目となる、道中嚢の紐を解き、道中羽織を脱いで木刀の下に置いた。

酒匂参兵衛もまた仕度を終えていた。

互いに一間半ほど歩み寄り、歩を止めた。

「そなた、薩摩拵えの一剣を使うと聞いたが」

参兵衛が腰に薩摩拵えがないことを空也に質した。

「修行の身ゆえ、二つの大刀を携帯する余裕はございませぬ。さるお方に預けてございます」

「直心影流で戦うというか」

「そなたの父御との勝負は薩摩拵えの刀にございました。その折りは、わずか二年余修行した野太刀流は封印して戦いました」

「よかろう。そなたの直心影流が見たい」

酒匂参兵衛の顔付きも言葉遣いもまったく淡々としていた。それだけに生死をかけた戦いになると空也は覚悟した。

参兵衛の左手が鯉口にかかった。

野太刀流では「抜き」と呼ばれる技で勝負をする決意を参兵衛が見せた。

その瞬間、空也は変節した。

「抜き」で勝負がしたいと思った。

「酒匂参兵衛どの、それがし、わが薩摩剣法がどれほどか、同じ『抜き』で勝負がしとうござる。お許しくださいますか」

「薩摩剣法を蔑みおるか」

二年やそこらで習得できるものではないと言っていた。

「いえ、薩摩剣法の奥深さも凄味も重々承知でございます」

「坂崎空也、その傲慢が命取りじゃ」

もはや問答は無用だった。

互いが間合いを詰めた。

「抜き」の有効性は、相手が知らずして技を仕掛けられるときにこそ発揮される。出合い頭に抜き打たれる技は避けようがない。それは後年、幕末の京で薩摩藩の武士たちが暗殺剣に使って諸国に知れ渡った。

だが、空也と参兵衛、互いが「抜き」を承知で仕掛けるのだ。もはや「抜き」の有効性は、互いが消し合っていた。

二人は今や一間足らずの間合いで向き合っていた。

長い刻が静かに流れていった。そして、徐々に戦いの機運が高まっていった。

干潟でなにかが跳ねた。

その瞬間、空也も参兵衛も左手で鞘ごと、
くるり
と回し、上刃から下刃に変わった。

その動きとともに二人の手が薩摩拵えの長い柄と備前長船派の短い柄にかかり、互いが一気に抜き上げた。

そのとき、空也は半歩踏み込んでいた。

下刃がお互いの胴に向かって奔った。

空也はひやりとした感触を脇腹に感じた。そして、修理亮盛光も確かに酒匂参兵衛の胴を捉えていた。

空也は痛みを感じながら修理亮盛光を斜め上方に引き回した。その瞬間、空也の脇腹に感じていた感触が消えて、酒匂参兵衛がよろめいて欄干に縋りつき、

「恐ろしや、坂崎空也」

と言うと、自ら欄干を乗り越えて球磨川の流れに転落していった。すべては一

瞬のうちに行われた。

（二番勝負、恨み残さじ）

と空也は思い、月に向かって修理亮盛光の切っ先を差し上げていた。

残心の構えの中で、空也は剣術家の虚無と哀しみをしみじみと感じていた。また、

（これでは月は斬れぬ）

と己の技量の拙さを憂えていた。


廻船問屋八代屋の通用戸が叩かれたのは、明け六つ前の刻限だ。

「待ちない、どこの船頭な。仕度なら前の日にするとが船乗りやろが」

文句を言いながら、番頭が臆病窓から覗いた。

「すまぬ、朝早くから」

船頭でも水夫でもなかった。

若い武士の顔が臆病窓の向こうに見えた。

「それがし、人吉藩丸目種三郎様の口利き状を携えております坂崎空也と申す者です」

「あ、あんたさんが坂崎さんな」

慌てて通用戸が開かれた。するとよろめくように訪問者が倒れ込んできて、血の臭いが辺りに漂った。

「お、お侍さん、怪我ばしとるとな」

番頭の狼狽の言葉に、

「大した傷ではございませぬ」

訪問者が木刀を杖に立ち上がろうとした。

「おい、だいか医者を呼ばんね。怪我の手当てができる川崎先生を連れてきない」

と命じた番頭は、訪問者が店の上がり框にどさりと腰を下ろすのを見て、

「手代さん、梅海楼に走らんね。姫様にこんことを知らせない」

と何日も前からこの若者を待ち受けている主従二人のことを思い出して命じた。

渋谷眉月と宍野六之丞が廻船問屋の八代屋に駆け付けたのは、医師の川崎路庵が七針ほど脇腹の傷を縫い合わせ、止血をほぼ終えた頃だった。

「空也様」

不意に姿を見せた眉月を見て、空也は夢を見ているのか、幻を見ているのかと思った。

「あぁーっ」

と悲鳴を上げたのは六之丞だ。

「六之丞、静かになされ」

眉月はそう注意すると空也を見た。

「空也様」

と改めて名を呼び、話ができることを確かめようとした。

「眉姫様、ご心配をおかけ申しました」

空也が平静な口調で答えた。

眉月は初めて空也の声を聞いた。それだけで満足であった。少し落ち着きを取り戻した六之丞が、

「魂消たな。高すっぽと会うときはいつも死にかけておるときたい」

と言い、川崎医師が、

「こんにしゃ、こげん傷で死にゃせんたい」

と言った。そして、

「二、三日、じいっとしておれば治ろうもん」

と言い足した。

三

坂崎空也はその日のうちに渋谷重兼馴染みの梅海楼の離れに身を移した。怪我が治るまで眉月が世話をするという約定(やくじょう)を八代屋となしたうえでだ。

八代屋は、島津重豪の重臣であった渋谷重兼を承知であった。空也が持参していた丸目種三郎の書状の指示とは別に、怪我人の介護をしたいという渋谷眉月の申し出に同意して梅海楼の宿泊を認めたのだ。

番頭が、

「渋谷の姫様、万事承知いたしました」

と眉月を見たとき、眉月が尋ねた。

「番頭どの、空也様はこの先どちらに参られるのでございますか」

「当人にも行き先を言うでないと、人吉藩の丸目様に命じられておりますと。姫様、船が出船するまでに三日はかかります。それまでこの御仁の身を姫様にお預けしましょう。船が出るときは前もって知らせますたい」

眉月は、こたびの空也の怪我も、持参した祖父渋谷重兼の書状の中身と関わりがあると考えていた。

ともあれ空也は廻船問屋の舟に眉月と宍野六之丞とともに乗せられて、梅海楼に向かった。

空也のかたわらにはぴたりと眉月が寄り添っていた。

「高すっぽ、その怪我は刀傷じゃな。だいから受けた傷な」

六之丞が尋ねた。

空也は、人吉城下滞在中に二度ほど薩摩方の酒匂一派の刺客と思われる者に狙われたことを言い添えた。

「やはり久七峠の立ち合いが尾を引いておっとか」

六之丞はすでに承知の体で応じ、

「眉姫様とおいは人吉藩のタイ捨流丸目道場を訪ねたと。そこで常村又次郎どんから、大橋の上の襲撃騒ぎも青井阿蘇神社の戦いも聞かされたと」

と言い添えた。

空也は二人が人吉から八代に廻ってきたかと得心した。

「そんうえで丸目先生の手配でな、球磨川を一気に下ってきたと。高すっぽ、どげんしてこげん何日も八代到着が遅うなったとな」

とその理由を尋ねた。

空也は、薩摩方の追跡を振り切ろうと、八代の一つ手前の宿場日奈久で日を過ごしていたことを話し、その甲斐もなく結局薩摩方に見つかり、日奈久の浜で戦いをなしたことを告げた。

「そんとき、怪我ば負うたな」

空也は首を横に振った。

「いや、その折りではございません。八代の球磨川河口に架かる橋に、日奈久の浜の三人とは別に待つ御仁がおりました。酒匂兵衛入道様の三男酒匂参兵衛どのと名乗られた」

「な、なんな、酒匂兵衛入道様の三男参兵衛どんが高すっぽを待ち伏せしておったとな」

六之丞が悲鳴のような言葉を洩らし、

「高すっぽ、殿からの書状には、江戸から薩摩に戻ってこられた酒匂参兵衛どんのことが認められてあったはずじゃっど。おいたちゃ、高すっぽと出会うのが一足遅かったか」

　と嘆いた。そして、不意に思い出したように質した。

「おい、酒匂参兵衛どんとの勝負はどうなったな」

　六之丞の言葉に、眉月が空也を見た。その表情には、怪我が物語っていると推測する安堵があった。

「それがしの『抜き』が寸毫早うございました」

　空也が答え、そっと傷口を手で触れ、

「どちらが斃れてもおかしくはございませんでした」

　と言い添えた。

　空也は久七峠の勝負と同じく勝敗は、

「時の運」

　であったと思っていた。その運がいつまで続くか、武者修行に出た以上、身を路傍に晒す覚悟でなければならないと改めて空也は思った。

（捨ててこそ）

　胸の中で呟く空也に六之丞が言った。

「酒匂兵衛入道様には倅どんがあと二人おられると。そのほかに一族郎党もおられよう。もはや藩主島津齊宣様も東郷示現流の当代もどもならん」

残された二人の兄弟や一族郎党が空也の仇討ちを企てるであろうことを六之丞が語った。

「江戸に出た薬丸新蔵どのの近況は承知ですか」

「殿から聞いたが、新蔵どんも東郷示現流方に狙われとるげな」

「新蔵どのならどのような相手でも切り抜けられましょう」

「あん鹿児島の演武館の具足開きが、新蔵どんと高すっぽに仇をなしたたいね」

六之丞が呟き、しばし重い沈黙が三人の間に漂った。

眉月の手が、傷口に触る空也の手を握った。

「高すっぽが行くところ、酒匂兵衛入道様の一族郎党が待ち受けておるか」

六之丞が呟いた。

「恨みを重ねたのでしょうか」

やはり西国を離れなければならないのかと空也は思った。武者修行は己の心身を鍛錬するための行いだ。それが行く先々で憎悪や恨みを重ねるとなると、武者修行の意が分からなくなる。

(どうすべきか)

眉月も六之丞も空也の自問を察していた。だが、答える術を知らなかった。長い沈黙のあと、

「おい、高すっぽ、そなたの刀が違ちょるな。殿から拝領した大和守波平はどげんしたと」

空也のかたわらに置かれた刀に六之丞が気付いて質した。

「まさか眉姫様と六之丞どのに八代で会うとは考えもしませんでした。お二人が人吉で会われた常村又次郎どのに願い、参勤上番の折りに江戸に持参し、父に届けてくだされとお願いしたのです。お二人に会うと知っていれば、こちらでご返却したのですが」

空也の言葉に眉月が首を横に振り、

「あの薩摩拵えはもはや空也様の刀です。その刀をどうなさろうとも空也様のご意思です」

と言った。

「おはんが元の刀に戻した気持ちはなんとのう分かる。酒匂一派の討ち手方は、おはんが今後も薩摩拵えで武者修行を続けることを決してよしとはすまい」

と言い、

「こん刀は父御から譲り受けた刀か」

　と関心を示した。

「ご覧になりますか」

　よかな、と応じた六之丞が修理亮盛光を手にしてゆっくりと抜いた。切っ先を船縁から水上に差し出して、仲冬の陽射しに翳した。

「ううん」

　と唸った。

「刀はよう知らんが、よか刀じゃろ。古刀と見たがどうな」

　修理亮盛光には小脇差や短刀が多く、かような大業物は珍しい。刃文は互ノ目丁子だ。

「家斉様から拝領の備前長船派修理亮盛光です。それがしにはもったいなき刀です」

　空也の言葉に六之丞が、

「うっ」

　と言葉を詰まらせ、

「そりゃ、こん刀ば持って狗留孫峡谷の流れでおっ死ぬわけにはいかんたいね」

と得心するように二年前の出来事を振り返った。

「蟬(せみ)は鳴き申す」

眉月がぽつんと呟き、空也が眉月を見て首肯した。

「蟬は牡(おす)しか鳴きません、牝(めす)は鳴かぬのです。私は爺様に教えられました。空也様でなければ、二年にもわたり鳴き声を封印できませんでした」

眉月が言ったとき梅海楼の船着場に小舟が寄せられた。

空也はこの日の昼過ぎから熱を出した。だが、川内川で眉月らに助けられたときのような生死に関わる高熱ではない。

眉月は空也のかたわらを片時も離れなかった。

眉月にとって不思議な感覚だった。空也が口が利けないことを承知の上で付き合いを続けてきたのだ。話すのは常に眉月、空也はただ笑みを浮かべて眉月の話を聞いてきたのだ。こたびもまた空也の怪我騒ぎで、ゆっくりと話す機会がなかった。

次の朝、熱が引いた空也のかたわらに付き添っていた眉月が、

「高すっぽさんと会うときは六之丞が言うように、いつも死にかけているか、怪我を負ったときね。どういうこと」

眉月に問い質された空也はしばし沈黙のあと、

「眉姫様とそれがしはさような縁（えにし）で結ばれているのです」

と呟いた。

「では、怪我をするたびに高すっぽさんと会えるのね」

眉月が哀しげな表情を見せ、

「そうではありません、眉姫様」

と空也が否定した。

二人は広い庭を持つ梅海楼から外に出ることなく日を過ごした。

眉月と空也、時に六之丞を交えて、あの薩摩の無言の歳月を取り戻すように話し合った。空也を川内川で見つけたときに始まり、加治木から鹿児島への旅と、話が尽きることはなかった。

三人は時が経つのを忘れていた。

「空也様、爺様が江戸におられる坂崎磐音様と文を交わしておられます。空也様は一度も父御と母御に文をお書きになっていないそうですね」

言葉が途切れたとき、眉月が空也に問うた。

「さてそれは」

と空也が答えに窮すると、六之丞が、

「眉姫様、空也どのは武者修行の身です。われらの前で無言の行を二年近くしのけたように、ご両親に文を認めることを己に禁じておるのではございませんか」

と代わって応えた。

「そうなの、空也様」

「さてどうでしょう」

「では、なぜ私には文をくれたの」

「それは」

空也が困惑の体で言った。

「この八代にいる間に私が空也様の母上に文を書きます。お願いですからその文に空也様も、息災ですと一言認めてください」

と眉月が空也に迫った。

空也は、

「わが父母は、それがしが無事なことを承知なのですね」

と念を押した。

「爺様が空也様の薩摩での暮らしを認めて父御に送られましたゆえ承知です。父御からは、豊後関前藩と関わりのある重富霧子さんと申されるお方が狗留孫の石卒塔婆上の戦いを見ておられたとか。また江戸では身内だけで坂崎空也様の弔いを行うところであったそうです」

「なんと」

空也は思いがけない眉月の言葉に驚愕した。だが、その表情を顔に出すことはなかった。

「私どもが空也様の身許(みもと)を知ったのは、空也様が六之丞に渡した爺様と私に宛てた文によってです。爺様は前々から空也様の身許を察しておられましたが、確たる証はございませんでした。ゆえに爺様は、空也様の文を読んで、坂崎磐音様に空也様のことを知らせる書状を差し上げたのです。以来、爺様と坂崎磐音様との間で書状のやりとりが始まったのです」

空也は眉月の言葉を聞いて、母おこんの哀しみを想像した。だが、薩摩で生き抜くことで精一杯だった。母へ、身内へ近況を知らせなかったことを深く後悔した。

「よいですね、元気ですと一言、眉の文のかたわらに認めてください」

と眉月が重ねて空也に約定させた。

廻船問屋八代屋から不意に、翌日の未明に空也を乗せる船が出るとの知らせが入った。

最後の夕暮れ、眉月と空也は梅海楼の広い庭を二人だけで散策した。

空也は初めて、五箇荘で会った女ひなの行動と、岩屋で過ごした一夜を語った。

話し終えた空也は眉月に、

「ひなはそれがしをどうしようとしたのでしょうか。眉姫様は分かりますか」

と尋ねた。眉月は無言で空也の話を聞いていたが、

「ひなさんは空也様を真っ先に吊橋の向こうに渡したのですね」

と念押しした。

「はい。それから吊橋を切り落として三人の仲間を殺しました」

「私にはひなさんがどのような気持ちだったか推測はできません。でも、空也様が己の命を危険に晒してまで池谷五郎丸を助けようとした行動を、必ず見ていたはずです」

眉月は、ひなが空也の行動に憐憫(れんびん)の情を寄せたか、あるいは五箇荘の自然の厳しさに空也の生死を委(ゆだ)ねようとしたか、その心中をあれこれと慮(おもんぱか)った。だが、

確たる答えは思いつかなかった。

「くれとして知る女子が、それがしの最期を確かめようとしていたのですか」

「空也様に生き残ってほしいと祈っていたのかもしれません」

と言った眉月が、

「五箇荘樅木の郷」

と呟いた。

六之丞は遠慮したか、二人の前に姿を見せなかった。

「空也様の前にはこれからも多くの難儀や誘惑が立ち塞がります」

「それがしには眉姫様がついておられます」

二人の胸に温かい想いが漲った。

「どこに参ろうと眉姫様のことは忘れませぬ」

「空也様、私どもは出会いのときから、かような運命なのです」

「はい」

泉水に空也が知らぬ渡り鳥が泳いでいた。冬を過ごすために北から渡ってきたのだろう。

「いつの日か」

眉月が言いかけて言葉を呑み込んだ。

「また会えますね」

「どこに参るか、それがしも知りません。ですが、人吉の丸目先生やそなたの祖父渋谷重兼様方のご厚意を無にしたくはございません」

空也ははっきりと言い切った。

十六で武者修行に出た折り、まさか身に降りかかった戦いが恨みを重ねて、次々に戦いを招くとは考えもしなかった。

ともかく、時を待つしかない。酒匂一派との怨念を避ける時が要った。そのためには運命に身を委ねるしかなかった。

「眉姫様、お守りはかように持っております」

空也は首に下げられた革袋の中のお守りを見せた。

空也と母と、そして眉月とを結ぶお守りだった。

眉月が手を差し出し革袋を握りしめた。

「空也様、この革袋を肌身から離さないかぎり、空也様は息災に修行が続けられましょう。いつの日か、母上様と空也様と一緒にこの革袋を見とうございます」

空也に眉月の体が寄せられた。空也にとって眉月の香しい肌や髪の匂いは生の証であった。川内川で瀕死の状態で見つけられた空也に寄り添い命を繋ぎとめてくれたのだ。

空也は眉月の文に添えて母に宛て認めた数行の言葉を思い出していた。

空也もそっと眉月の背に手を回し、

「いつの日か」

と囁くとわが身を眉月から離した。

二人は、一睡もせずに最後の刻を過ごした。

廻船問屋八代屋の迎えが七つ（午前四時）の刻限に梅海楼を訪れた。

眉月と六之丞が見送りのため門前に出た。

「高すっぽ、眉姫様とおいは、いつもおはんを見送る役たいね」

六之丞の別離の言葉だった。

空也が眉月を見た。互いに見つめ合っただけで、二人は別れの言葉を交わさなかった。

舟に乗り込んだとき、空也は二人に深々と一礼し、その頭を上げることはなかった。

その耳に、

「空也様」

と眉月の声が届いた。だが、目で確かめずとも空也の脳裏には眉月の顔がはっきりとあった。


冬も半ばを過ぎた空がわずかに白み始めた頃、球磨川河口から天草上島の大戸ノ瀬戸を目指して進む船影を旅仕度の男女が見送っていた。

人吉藩が抜け荷交易に使う帆船だった。長崎の沖合などで異国船から仕入れた衣類などを京に運んで売り捌き、藩の儲けにしていた。

見送る二人は、薩摩の麓館に戻る渋谷眉月と宍野六之丞だ。

「高すっぽの姿が見えませんな」

「いえ、船のどこからか私どもを見ておられます」

眉月の返事は確信にみちていた。

「西国を離れるのでしょうか」

六之丞の言葉に眉月はしばし思案したあと、首を横に振った。

「私たちがいるこの地を離れられるはずはありません」

「高すっぽも行き先を知らされておりませんぞ」

「眉には分かります」

だんだんと船影が小さくなっていった。

「爺様が待っておられます。麓館に戻りましょう」

と眉月が想いを振り切るように言った。

「八代にて思わぬ長逗留になりましたでな、殿が案じておられましょう」

二人は河口から薩摩街道へと向かって歩き出した。


そのとき、空也はいささか造りの変わった千石船の舳先（へさき）に立ち、島々が重なり合う中で狭く口を開けた大戸ノ瀬戸の潮流を睨んでいた。

その先に空也の次なる行き先があった。だが、空也は未だ主船頭に自らの行き先を尋ねていなかった。

四

神保小路の直心影流尚武館道場ではいつものように朝稽古が行われていた。広い道場で二百人、いや、三百人に近い門弟衆が打ち込み稽古をしていた。

道場の隅にひっそりと座すその人物に気付いたのは重富利次郎だった。稽古をつけていた若い門弟に、

「ちょっと待て」

と稽古を中断させ、その人物を眺めた。

蓬髪に精悍な面構え、その五体から静かなる覇気が漂っていた。

(薩摩の士か)

利次郎は竹刀を右手に静かに歩み寄った。するとその人物のかたわらに槍折れの道具のような棒があった。その木刀は、山から切り出して乾燥させただけの荒々しいものであった。

利次郎は会釈すると、

「薬丸新蔵どのでござるな」

と声をかけた。

「いかにも薬丸新蔵じゃっど」

「立ち合いを所望か」

利次郎は問うた。

「いや、もはや用は済み申した」

新蔵は、江戸の道場を訪ねては立ち合いを願い、野太刀自顕流、あるいは野太刀流と呼ばれる薩摩剣法の一撃でことごとく屠ってきた。

江戸で最後に辿り着くのは、直心影流尚武館道場と承知していた。そして、今この場に座っていた。

「立ち合いをせず、尚武館の力量を見極められたか」

新蔵が頷いた。相手が勘違いしていることを、新蔵は承知していた。

見所にいた坂崎磐音は二人の姿に気付いていた。

「そうじゃなかと」

と静かに答えた新蔵が、

「道場主の坂崎磐音様に会いたたか」

と願った。

利次郎は江戸の剣術界を震撼させてきた人物が、いきなり師匠の坂崎磐音と立ち合いを願うのかと思った。

そこへ中川英次郎が歩み寄り、

「重富師範代、客人を見所に案内せよと師匠が命じられました」

と言った。

「なに、磐音先生がこのお方に会いたいと申されたか」

利次郎が新蔵を見た。すると新蔵が会釈して、薩摩拵えの剣と柞の木刀を手に見所へと歩み寄った。

尚武館の門弟の一部の者は、

「薩摩の道場破りの到来」

に気付いていた。だが、稽古の手を止めることはなかった。しかしながらその気配はだんだんと道場じゅうに伝わっていった。

薬丸新蔵は、幕府の官営道場ともいえる尚武館の広い空間のどこにも弛緩した様子がないことを感じながら、英次郎の案内も受けずに見所の前に立つ磐音にすたすたと歩み寄り、視線を交わらせた。

その瞬間、直感が当たっていたことを知った。

(間違いなか)

と新蔵は思った。

「薬丸新蔵どの、よう参られた」

新蔵は磐音の声に思わず会釈をした。

「立ち合いを所望かな」

「受けてくださいもすか」

磐音が頷いた。

道場に驚きが走った。

薬丸新蔵の名は今や江戸じゅうに知られていた。新蔵の訪問を受けた道場すべてがこの若者の前に敗北していた。

その道場破りに磐音が直々に立ち合うというのだ。新蔵と立ち合うべき門弟はいくらもいた。だが、磐音自らが真っ先に受けるというのだ。

「野太刀流を知りたいでな」

道場の門弟衆が、
さあっ
と左右の壁際に下がった。

新蔵は見所下に刀を置き、杵の木刀を手に道場の真ん中に立った。新蔵は江戸に出て以来、いつも感じてきた闘争心と功名心が失せつつあることに気付いていた。

磐音が愛用の木刀を手に新蔵の前に立った。

新蔵は蹲踞の構えで木刀を前に突き出した。その先端は床についていた。その構えで磐音に頭を軽く下げた。

磐音は所作を眺めながら、木刀を手に立っていた。

新蔵の挨拶に一礼を返した。

それを合図に新蔵が右足を前にして立つと、木刀を右蜻蛉に構えた。

見所にいた速水左近が思わず呻いた。それほどに力強く美しい構えであった。

新蔵は、初心の者の役、打ちで磐音に迫っていった。

磐音は正眼の構えで新蔵の踏み込みを受けた。

柞の木刀と枇杷の木刀が絡んだ。

乾いた音が尚武館に響いた。

これをきっかけに新蔵が攻め、磐音が受けを、薩摩でいう出しを務めた。だが、決して磐音が攻めに転じることはなかった。

四半刻後、新蔵のほうから木刀を引いてしゃがみ、先端を床につけて頭を下げた。

新蔵の心中は複雑だった。

(世間には抗いようもない武芸者がいた)

衝撃ではあったが、新蔵はどこか晴れ晴れとした気持ちで得心していた。

（よか、この次はおいが勝つ）

東郷示現流のように憎しみに満ちた敵対関係ではなかった。

剣術家として坂崎磐音は、新蔵の眼前に堂々と聳える高峰だった。頂きは見えなかった。

「薬丸新蔵どの、茶を馳走したい。母屋まで付き合うてくだされ」

と磐音が声をかけた。

新蔵が驚きの顔で頷いた。

磐音は見所の速水左近に目顔で、

「母屋へ」

と誘った。

尚武館から母屋に向かう道すがら、磐音が新蔵に言った。

「高すっぽが世話になったそうな」

新蔵が一瞬足を止めた。

「わが倅、空也が加治木と鹿児島で世話になったと、渋谷重兼様から書状を頂戴し申した」

やはり高すっぽは、一介の武者修行者ではなかったか。かつて西の丸徳川家基の剣術指南役であった坂崎磐音の嫡子であったのかと新蔵は思った。

磐音に誘われるように歩き出した。

「そなたとも話はせずじまいであったろう」

「高すっぽは口が利けるとですか」

「薩摩逗留中は、無言の行を押し通したようじゃな」

新蔵が笑い出した。

「われら、よか剣友でごわした」

新蔵の言葉に磐音が頷いた。

「倅が世話になった礼がしとうござる。なんぞ所望はござらぬか」

磐音の言葉に新蔵は首を横に振った。

「一つ聞かせったもんせ」

磐音は、なんなりとというふうに新蔵に頷いた。

「高すっぽどんが示現流の面々に追われておるげな、まっことの話じゃろか」

「示現流ではありますまい。師範の酒匂兵衛入道どのを慕う面々でござろう」

と前置きした磐音は、久七峠で待ち受けていた酒匂兵衛入道と空也が戦ったことを告げた。

「ないがおー」

と驚きの声を洩らした新蔵が、

「おいのせいでごわんど」

と洩らした。

磐音は渋谷重兼からの懇切丁寧な書状で、酒匂兵衛入道がなぜ空也を狙ったか、重兼の推測も交えて理解していた。そこには薬丸新蔵に向かうべき怒りが空也に向けられたのかもしれない、とあった。

「新蔵どの、それは違う。空也は武者修行の身、どのようなことが降りかかっても不思議はござらぬ。そなたの江戸での戦いも空也の修行も命がけ、いかなる事情や経緯によってなにが起こるか分かり申さぬ。それを切り抜けるのが修行でござろう」

磐音と新蔵は母屋が見える庭に出た。

縁側におこんの姿があった。

「新蔵どの、空也の母に高すっぽの話を聞かせてくれませぬか」

と願った。

この日、薬丸新蔵はおこん、睦月、速水左近、そして磐音に、薩摩の滞在中に無言の行を貫き通した高すっぽとの交友を朴訥(ぼくとつ)豪気な薩摩弁で話した。

おこんは、時に涙を浮かべたり笑みを浮かべたりして、空也の剣友の話を嚙みしめるように聞いた。

一頻り(ひとしき)空也の話が終わったとき、速水左近が新蔵に尋ねた。

「そなた、坂崎空也を剣友と言うたが、初めて立ち合った折り、空也は直心影流で立ち合うたか」

磐音は、この場に同席した速水左近を将軍家斉様の後見方の一人であり、先代佐々木玲圓の剣友と新蔵に紹介した。

「高すっぽどんは野太刀流をすでに会得して、『早捨(はやしや)』と呼ばれる打ち合いじゃった。他国者(よそもん)がわずかの歳月であれほどおいの木刀と打ち合えるとは、おいはおっ魂消もした」

「そうか、空也は直心影流を秘して、そなたと立ち合うたか」

「高すっぽどんは並みの剣者じゃなか。おいは高すっぽどんの剣技の基(もとい)が分かりもした」

新蔵は朝餉と昼餉を兼ねた食事を馳走になり、坂崎家を辞去しようとした。その前に磐音が尋ねた。

「新蔵どの、これからどうなさる気か。そなたの武名はすでに江戸で轟いておるでな」

「江戸で一派を立てとうごわんす」

磐音は頷いた。だが、薩摩が、東郷示現流が、そう容易にそのことを許すまいとも危惧した。

「速水様やそれがしで役に立つことがあればなんなりと申されよ」

新蔵が頷き、

「時に道場ば訪ねてようごわすか」

新蔵が訊いた。

その口調にはなんの衒いもなかった。

新蔵は坂崎磐音と木刀を交えて、初めて直心影流の奥深さを知った。なにより高すっぽの父の剣技の高みを知った。

新蔵はこれまで立ち合った剣術家の中で、かように春の陽射しのような長閑な構えを知らなかった。

地べたを叩き割る勢いで、「朝に三千、夕べに八千」の続け打ちをして会得した剣技は、巨岩さえ打ち砕く自信があった。だが、

（よか、うっ砕く）

と攻めかかった一撃は、真綿に包まれたように勢いを失っていた。それでも新蔵は攻め続けた。のちに知ることになるが、

「春先の縁側で日向ぼっこをしながら居眠りしている年寄り猫」

と評された坂崎磐音の居眠り剣法だった。

（おいはひよっこじゃっど）

江戸で初めて知った挫折だった。だが、なぜか不思議と敗北感はなかった。頂きも見えない山に直面したのだ。

柔の剣を剛の野太刀流がいかに制するか、大きな壁に直面していた。

磐音は新蔵の気持ちを察していた。

「新蔵どの、川向こうの小梅村に今も尚武館の小梅村道場がござってな。空也が道場に入門する前、独り稽古をしていた場所じゃ。そなたならこの神保小路より小梅村の道場が気に入ろう。弟子に案内させるゆえ、そちらに寝泊まりしながら、江戸での望みを果たされぬか」

新蔵は驚きの表情で磐音を見返し、

「おいに、寝泊まりの場と稽古場を授けると言われ申すか」

「気がすすみませぬか」

「いや、有難く受け申す」

新蔵は素直に頷いた。正直、江戸の安宿を転々とする暮らしに疲れてもいた。

それに常に薩摩の、

「眼」

を気にしなければならず、煩(わずら)わしかった。

磐音は中川英次郎を呼んで、睦月と一緒に小梅村の道場に案内せよと命じた。

門弟一同は、磐音が新蔵を小梅村に招いたことに驚きを隠せなかった。と同時に江戸を騒がす道場破りが予想もしないほど、

「素直な剣術家」

であることに戸惑っていた。尚武館の門弟の大半が、この薬丸新蔵と坂崎空也の交友を知らなかったからだ。

井上正太などは、

「薩摩っぽ、磐音先生の前ではえらく神妙ですね」

と利次郎に話しかけた。

「正太、あの者、真の力を磐音先生の前では出し切っておらぬ」

「えっ、磐音先生の力を見くびっておるのですか」

「磐音先生の力をすぐに感じ取ったゆえ、胸を借りて指導を受けることに徹したのであろう。それにしてもあの木刀の威力を見たか、あの打ち込みは並みの剣術家では受けきれぬ」

利次郎も新蔵と空也との交流を知らなかった。そして、尚武館で稽古をしていた大半の門弟が薩摩剣法に初めて接していた。一撃目の迅速強打の振り下ろしは、尚武館の床さえ叩き割る勢いがあった。

だが、磐音の、
ふわり
とした居眠り剣法の受けに力が吸収され、それ以後の攻めはことごとく弾かれ、受け流された。

「薩摩剣法の凄味を先生は封じられたのじゃ。われらではそうはいくまい」

利次郎は、空也が薩摩を目指した理由を新蔵の打ち込みの中に見ていた。

睦月と英次郎は、新蔵を従え、鎌倉河岸から猪牙舟を雇った。

睦月はおこんから、新蔵は市中を見物なさる余裕などないでしょうから舟で江戸を見物しながら小梅村に参りなされ、と命じられていた。

「新蔵様は、兄上の命の恩人渋谷眉月様をご承知ですか」

父も母も訊かなかったことを睦月が尋ねた。

「加治木で初めて会いもした」

「どのようなお方ですか」

「麓館の殿さん、渋谷重兼様の孫娘じゃっど」

新蔵の返答に睦月が笑い出した。

「おいは、妙な返答をしもしたか」

新蔵が困惑の顔で言った。

「いえ、兄と同じね。新蔵さんも剣術にしか関心がないのですね」

新蔵が睦月を見た。

「眉姫様と高すっぽの仲ば、訊かれよられると」

「はい」

「おいも二、三度しか会うちょりもはんで、分かいもはん」

新蔵が答えた。

「新蔵様、まあ、いいわ。ゆっくりと私が訊き出します。そのくらいのことはしてもいいはずですもの」

新蔵は睦月の話の展開に面食らっていた。

「兄はいちど薩摩で身罷ったの。うちでは三回忌法要をする直前に生きていることを知らされたのよ」

「どげんことですか」

新蔵が驚きの顔で睦月を見た。

睦月は、薩摩藩江戸藩邸から、空也らしい若武者が国境で亡くなった知らせがあったことや、それから二年後に渋谷重兼からの書状によって兄が存命で薩摩から出たという知らせが届いたことなどを告げた。

深刻な表情で睦月の話を聞いた新蔵が、

「おいはなんも知らんかったと」

と頭を垂れた。

舟はいつしか小梅村に着こうとしていた。

すると、小田平助の声が風に乗って聞こえてきた。

「槍折れはたい、腕で振るとじゃなか。腰で振るとたい」

小梅村の尚武館道場で小田平助が槍折れの稽古指導をする声だった。

途端に新蔵の表情が変わった。

「小梅村でごわすな」

「兄が剣術を始めた場所よ」

辺りを見回した新蔵が、

「よか場所でごわす」

新蔵も睦月も期せずして空也のことを思い出していた。

そのとき、坂崎空也は帆船の甲板から、鈍色(にびいろ)の空の下、激しく波打つ冬の外海を眺めていた。

本書は『空也十番勝負　青春篇　恨み残さじ』（二〇一七年九月　双葉文庫刊）に著者が加筆修正した「決定版」です。

編集協力　澤島優子
地図制作　木村弥世

文春文庫

定価はカバーに
表示してあります

恨み残さじ
空也十番勝負（二）決定版

2021年9月10日　第1刷

著　者　佐伯泰英
発行者　花田朋子
発行所　株式会社 文藝春秋

東京都千代田区紀尾井町 3-23　〒102-8008
TEL 03・3265・1211㈹
文藝春秋ホームページ　http://www.bunshun.co.jp

落丁、乱丁本は、お手数ですが小社製作部宛お送り下さい。送料小社負担でお取替致します。

印刷製本・凸版印刷　Printed in Japan
ISBN978-4-16-791750-0